16	3	2	13
5	10	11	8
9	6	7	12
4	15	14	1

Coleção LESTE

Ivan Turguêniev

O REI LEAR
DA ESTEPE

Tradução, posfácio e notas
Jéssica Farjado

editora 34

EDITORA 34

Editora 34 Ltda.
Rua Hungria, 592 Jardim Europa CEP 01455-000
São Paulo - SP Brasil Tel/Fax (11) 3811-6777 www.editora34.com.br

Copyright © Editora 34 Ltda., 2021
Tradução © Jéssica Farjado, 2021

A FOTOCÓPIA DE QUALQUER FOLHA DESTE LIVRO É ILEGAL E CONFIGURA UMA
APROPRIAÇÃO INDEVIDA DOS DIREITOS INTELECTUAIS E PATRIMONIAIS DO AUTOR.

Título original:
Stepnoi korol Lir

Imagem da capa:
Erich Heckel, Hafenbahn im Winter, *1906,*
óleo s/ tela, 48,3 x 70,3 cm, coleção particular

Capa, projeto gráfico e editoração eletrônica:
Franciosi & Malta Produção Gráfica

Revisão:
Alberto Martins, Danilo Hora, Beatriz de Freitas Moreira

1ª Edição - 2021 (1ª Reimpressão - 2023)

CIP - Brasil. Catalogação-na-Fonte
(Sindicato Nacional dos Editores de Livros, RJ, Brasil)

	Turguêniev, Ivan, 1818-1883
T724r	O rei Lear da estepe / Ivan Turguêniev; tradução, posfácio e notas de Jéssica Farjado. — São Paulo: Editora 34, 2021 (1ª Edição). 136 p. (Coleção Leste)
	Tradução de: Stepnoi korol Lir
	ISBN 978-65-5525-045-9
	1. Literatura russa. I. Farjado, Jéssica. II. Título. III. Série.

CDD - 891.73

O REI LEAR DA ESTEPE

O rei Lear da estepe   7

Discurso sobre Shakespeare, *Ivan Turguêniev* 105
Posfácio, *Jéssica Farjado* 111

Sobre o autor 130
Sobre a tradutora 132

As notas da tradutora fecham com (N. da T.); as notas da edição russa, com (N. da E.); e as notas do autor, com (N. do A.).

Traduzido do original russo, de I. S. Turguêniev, *Sobraniie sochinenii v dvadtsati vosmi tomakh* (Obras completas em vinte e oito volumes), vol. X, Moscou-Leningrado, Naúka, 1965.

O REI LEAR DA ESTEPE

Éramos cerca de seis pessoas reunidas numa noite de inverno na casa de um antigo colega da universidade. Nossa conversa enveredou por Shakespeare, para os seus tipos, para como eles eram profunda e verdadeiramente arrancados das próprias entranhas da "essência" humana. Admirávamos sobretudo sua verdade de vida, sua atualidade; cada um de nós nomeou os Hamlets, os Otelos, os Falstaffs e até os Ricardos III e Macbeths (estes últimos, é verdade, apenas na medida do possível) com quem nos havia acontecido de cruzar.

— Mas eu, senhores — exclamou nosso anfitrião, homem já de certa idade —, conheci um rei Lear.

— Como assim? — lhe perguntamos.

— Isso mesmo. Querem que lhes conte?

— Tenha a bondade.

E nosso companheiro sem demora se pôs a narrar.

I

"Passei minha infância toda — começou ele — e a primeira juventude, até a idade de quinze anos, no campo, na herdade de minha mãezinha, uma rica proprietária de terras da província de ...ski. A impressão mais marcante que permaneceu em minha lembrança daquele tempo já distante talvez seja a da figura de nosso vizinho mais próximo, um certo Martin Petróvitch Kharlov. Teria sido mesmo difícil apagar da memória essa impressão: nunca mais em minha vida encontrei algo semelhante a Kharlov. Imaginem um homem de estatura gigantesca! No tronco enorme assentava-se, um pouco de soslaio e sem qualquer sinal de pescoço, uma monstruosa cabeça; sobre ela se elevava uma grande cabeleira louro-grisalha e desgrenhada, despontando junto das sobrancelhas arqueadas. Da ampla área cor de pombo[1] de seu rosto, como que descascado, sobressaía um nariz colossal cheio de calombos, uns olhinhos azuis minúsculos altivamente eriçados, e se descerrava uma boca também minúscula, mas torta e gretada, da mesma cor que o restante do rosto. Dessa boca saía uma voz, ainda que roufenha, extremamente forte e retumbante... Seu som lembrava o tinido de uma barra de ferro transportada numa telega por uma calçada precária — e Kharlov falava como se gritasse ao vento forte para alguém do outro lado de uma vasta ravina. Seria difícil dizer o que exatamente expressava o rosto de Kharlov, de tão amplo que era... Às vezes a pessoa mal conseguia abarcá-lo com um olhar! Mas desagradável ele não era — notava-se nele até certa imponência, só que era muito surpreendente e incomum. E que mãos eram as suas — verdadeiras almofadas! E que dedos, que pés! Lembro-me de que não conseguia contemplar os dois *archin*[2] de costas de Martin Petróvitch e seus ombros semelhantes a mós de moinho sem um espanto de certa forma respeitoso. Mas o que mais me admirava eram as suas orelhas. Perfeitos *kalatchis*[3] com dobras e curvas que se erguiam nas faces de ambos os lados. Tanto no inverno co-

---

[1] Cor cinza-azulada. Trata-se de um adjetivo recorrente nos poemas épicos e folclóricos russos, principalmente na descrição de pombas, águias e plumas. (N. da T.)

[2] Unidade de medida equivalente a 0,71 m. (N. da T.)

[3] Pão de trigo em forma de cadeado. (N. da T.)

mo no verão, Martin Petróvitch vestia um capote cossaco de feltro verde, cingido por um cinto circassiano, e botas untadas de alcatrão. De gravata nunca o vi, além do mais, em volta do que haveria ele de atar uma gravata? Respirava lenta e pesadamente como um touro, mas não fazia barulho. Podia-se pensar que, ao entrar em um aposento, sempre temia quebrar e derrubar tudo e por isso se movia de um lugar para o outro com cautela, sempre de lado, como que sorrateiramente. Era dotado de uma força realmente hercúlea e, graças a ela, gozava de grande respeito nas redondezas: nosso povo ainda hoje venera os *bogatirs*.[4] Chegaram até a criar lendas sobre ele: contava-se que uma vez encontrou um urso no bosque e por pouco não o derrotou; que, ao flagrar um mujique gatuno em seu colmeal, ele o lançou junto com a telega e o cavalo para o outro lado da cerca, e assim por diante. O próprio Kharlov nunca se vangloriava de sua força. "Se tenho a mão direita abençoada", dizia ele, "é porque nisso está a vontade de Deus!" Ele era orgulhoso; porém não era de sua força que se orgulhava, mas de seu título, de sua origem, de seu discernimento.

— Nossa linhagem é da *Chuécia* (era assim que ele pronunciava a palavra "Suécia"); Kharlus veio da *Chuécia* — assegurava ele — e chegou à Rússia no reinado de Ivan Vassílievitch, o Obscuro (eis quando!); e o *chueco* Kharlus não quis ser um conde finlandês, preferiu ser um nobre russo e registrar-se no livro de ouro. Eis de onde nós, os Kharlov, viemos!... É por essa mesma razão que nós todos, os Kharlov, nascemos louros, de rosto e olhos claros e límpidos! Porque somos filhos da neve!

— Sim, Martin Petróvitch — tentei objetar — não era absolutamente Ivan Vassílievitch, o Obscuro, mas Ivan Vas-

---

[4] Personagem do folclore russo que possui uma força extraordinária. (N. da T.)

sílievitch, o Terrível. O grão-príncipe Vassili Vassílievitch é que era chamado de "o Obscuro".

— Que mentira — respondeu-me Kharlov calmamente —, se eu estou dizendo é porque é assim!

Certa vez mamãe inventou de elogiá-lo por seu admirável e genuíno altruísmo.

— Ora, Natália Nikoláievna! — proferiu ele quase com irritação. — Encontrou algo para elogiar! Nós, senhores, não podemos ser de outro jeito; para que nenhum homem dependente, servo ou camponês, tenha a audácia sequer de pensar mal de nós e ser insolente! Eu sou um Kharlov, eis de onde vem minha família... (nisso ele apontou com o dedo para algum lugar muito alto no teto atrás de si), e como haveria de não ter honra? E como isso é possível?

Numa outra vez um alto funcionário de passagem, recebido por minha mãe, inventou de zombar de Martin Petróvitch. Este tornou a falar sobre o sueco Kharlus que viera para a Rússia.

— No tempo do rei Ervilha?[5] — interrompeu o alto funcionário. — Não, não no tempo rei Ervilha, mas no tempo do grão-príncipe Ivan Vassílievitch, o Obscuro.

— Então eu suponho — prosseguiu o alto funcionário — que a origem do senhor seja muito mais antiga e remonte, até mesmo, ao tempo antediluviano, quando ainda existiam mastodontes e megalodontes.

Esses termos científicos eram inteiramente desconhecidos a Martin Petróvitch, mas ele entendeu que o alto funcionário zombava dele.

— Pode ser — disparou ele —, parece que nossa origem é realmente muito antiga; na época em que meu antepassado chegou a Moscou, dizem que vivia nela um imbecil em

---

[5] Expressão russa que designa tempos remotos. (N. da T.)

nada pior que Vossa Excelência, mas tais imbecis nascem apenas uma vez em mil anos.

O alto funcionário empalideceu e Kharlov jogou a cabeça para trás, ergueu o queixo, bufou e lá se foi. Passados uns dois dias ele tornou a aparecer. Minha mãe começou a repreendê-lo: "Foi uma lição para ele, minha senhora — interrompeu Kharlov —, não se confronta alguém à toa, antes é preciso saber com quem se está lidando. Ele é muito jovem ainda, é preciso ensiná-lo". O alto funcionário era quase da mesma idade de Kharlov; mas esse gigante estava acostumado a considerar todas as pessoas como imaturas. Confiava muito em si mesmo e, decididamente, a ninguém temia. "Por acaso podem fazer-me algum mal? Onde no mundo estaria essa pessoa?", perguntava ele e de repente se punha a gargalhar com um riso curto, mas estrondoso.

II

Minha mãe era muito exigente em suas relações, mas recebia Kharlov com uma cordialidade especial e perdoava-lhe muita coisa: há uns vinte e cinco anos ele lhe salvara a vida ao segurar sua carruagem à beira de uma ravina profunda onde os cavalos já estavam caindo. Os tirantes e os arreios se romperam, mas Martin Petróvitch não soltou as rodas que agarrara — mesmo com o sangue lhe esguichando sob as unhas. Minha mãe então o casou: ela lhe entregou uma órfã de dezesseis anos, educada em sua casa; ele, na época, tinha acabado de fazer quarenta anos. A esposa de Martin Petróvitch era frágil; dizem que ele a levou para a sua casa na palma da mão e ela viveu com ele por pouco tempo; deu-lhe, no entanto, duas filhas. Mesmo após a morte dela, minha mãe continuou a oferecer proteção a Martin Petróvitch; matriculou sua filha mais velha no pensionato da província, depois arranjou-lhe um marido e já tinha outro em vista, para a segunda. Kharlov era um bom administrador, tinha trezentas *deciátinas*[6] de terra, em que fora construindo aos poucos, uma vez que os camponeses o obedeciam em tudo — mas não há por que falar disso! Por causa de sua obesidade, Kharlov não ia a pé a lugar nenhum: a terra não o aguentava. Ia para todo lado numa *drójki*[7] de corrida baixinha e ele mesmo conduzia o cavalo, uma égua mirrada, de uns trinta anos, com uma cicatriz no ombro: ela se ferira na batalha de Borodinó,[8] carregando o furriel do regimento de cavalaria. A égua mancava sempre nas quatro patas ao mesmo tempo; andar a passo ela não conseguia, e apenas arriscava um trote curto, aos saltos; ela comia losna e artemísia nos limites da propriedade, o que eu nunca vi outro cavalo fazer. Lembro-me de que ficava sempre perplexo ao ver como essa rocinante semiviva conseguia carregar aquele peso terrível. Não ouso repetir quantos *puds*[9] tinha o nosso vizinho. Atrás de Martin Petróvitch, na *drójki* de corrida, se instalava seu criado Maksim, um moleque[10] moreno. Com o rosto e o corpo todo colado em seu senhor e apoiando os pés descalços no eixo traseiro da *drójki*, ele parecia uma folha ou uma minhoca colocada por acaso junto ao corpanzil gigantesco que se movia diante dele. Esse menino da criadagem barbeava Martin Petróvitch uma vez por semana. Para realizar tal opera-

[6] Antiga medida agrária russa equivalente a 1,09 ha. (N. da T.)

[7] Carruagem de quatro rodas, leve, aberta. (N. da T.)

[8] Confronto ocorrido durante a guerra contra a invasão napoleônica em 1812. Com cerca de doze horas de duração e mais de 70 mil baixas, foi a maior e mais sangrenta batalha da Campanha da Rússia. (N. da T.)

[9] Antiga unidade de peso equivalente a 16,3 kg. (N. da T.)

[10] No original, *kazatchók*: termo utilizado na antiga Rússia para designar meninos servos dos proprietários de terras, que geralmente eram vestidos com casacos cossacos ou circassianos. (N. da T.)

ção, dizem que subia na mesa; outros brincalhões assegura-vam que era obrigado a correr em volta do queixo do seu se-nhor. Kharlov não gostava de ficar em casa por muito tem-po e por isso era visto com frequência viajando em sua equi-pagem costumeira, com as rédeas numa mão (a outra ele mantinha apoiada no joelho com o cotovelo arrogantemen-te erguido) e um quepe velho e minúsculo no alto da cabeça. Bem-disposto, lançava olhares ao redor com seus olhinhos de urso, chamava em voz alta todos os mujiques, pequenos--burgueses e comerciantes que encontrava; aos popes,[11] de quem não gostava muito, enviava duras mensagens de repul-sa, e uma vez, ao emparelhar comigo (eu havia saído para passear com uma espingarda), se pôs de tal modo a acuar uma lebre deitada à beira da estrada que o tinido e o gemi-do dela ficaram em meu ouvido até a noite.

III

Minha mãe, como já disse, recebia Martin Petróvitch com hospitalidade; ela sabia da profunda reverência que ele nutria por sua pessoa. "Minha ama! Senhora! Flor do nosso campo", era assim que atendia aos seus chamados. Exaltava sua benfeitora, enquanto ela via nele um gigante devotado que enfrentaria sem hesitar toda uma multidão de mujiques para defendê-la; e ainda que não se pudesse sequer prever a possibilidade de semelhante conflito, entretanto, no entender de mamãe, na ausência de um marido (ela enviuvara cedo), um defensor assim, como Martin Petróvitch, não era de se desprezar. Além disso, ele era uma pessoa direita, não baju-lava ninguém, não pedia dinheiro emprestado, não bebia — e também não era tolo, ainda que não tivesse recebido ne-

[11] Sacerdote da Igreja Ortodoxa Russa. (N. da T.)

O rei Lear da estepe

nhuma instrução. Minha mãe confiava em Martin Petróvitch. Quando ela teve a ideia de redigir um testamento espiritual, exigiu que ele fosse testemunha, e ele foi para casa só para buscar seus óculos redondos de ferro, sem os quais não podia escrever; e, com os óculos no nariz, ao longo de um quarto de hora, ofegando e resfolegando, mal conseguiu traçar sua patente, nome, patronímico e sobrenome, sendo que fez umas letras quadrangulares e garrafais, com pernas e floreios, e, depois de realizar o seu trabalho, comunicou que estava cansado e que, para ele, escrever e catar pulgas eram a mesma coisa. É verdade que mamãe o respeitava... No entanto, não lhe era permitido passar da sala de jantar. Exalava um odor muito forte: tinha cheiro de terra, de mato e de lodo pantanoso. "Um verdadeiro *liéchi*!",[12] assegurava minha velha ama-seca. No almoço, colocavam Martin Petróvitch num canto, numa mesa à parte, e ele não se sentia ofendido com isso — sabia que os outros ficariam incomodados de sentar-se a seu lado e assim tinha mais liberdade para comer; e comia de um modo que, suponho, ninguém comesse desde os tempos de Polifemo.[13] No início do almoço, por medida de precaução, sempre lhe reservavam um pote de mingau de umas seis libras:[14] "Senão você dará cabo da minha comida!", dizia mamãe. "Sim, senhora, daria mesmo!", respondia Martin Petróvitch rindo.

Mamãe gostava de ouvir suas divagações sobre qualquer assunto de administração da propriedade; mas não conseguia suportar sua voz por muito tempo.

[12] Espírito da mitologia eslava que protege os animais selvagens e as florestas. (N. da T.)

[13] Ciclope da mitologia grega, filho de Poseidon e da ninfa Teosa. Na *Odisseia* de Homero é narrado o encontro de Ulisses e seus companheiros com Polifemo, que agarra dois homens e os devora. (N. da T.)

[14] Unidade de peso equivalente a 0,453 kg. (N. da T.)

— O que é isso, meu caro? — exclamava ela. — Se ao menos pudesse se curar disso! Deixou-me completamente surda. Parece uma trombeta!

— Natália Nikoláievna! Benfeitora! — costumava responder Martin Petróvitch. — Não sou dono da minha garganta. Além do mais, que remédio poderia surtir efeito em mim, a senhora pode imaginar? Será melhor ficar um pouquinho calado.

De fato, creio eu, nenhum remédio poderia surtir efeito em Martin Petróvitch. Ele mesmo nunca chegara a adoecer.

Ele não sabia nem gostava de contar histórias. "Discursos longos me deixam ofegante", observava ele em tom de reproche. Apenas quando o remetiam ao ano de 1812 (servira como voluntário e recebera uma medalha de bronze que usava atada à fita de São Vladímir,[15] nos feriados), quando lhe indagavam sobre os franceses, contava então algumas anedotas, embora sempre assegurasse que nenhum francês, de verdade, chegara à Rússia, e sim saqueadores que se depararam com a fome, e que ele já espancara muitos desses canalhas na floresta.

IV

Entretanto, esse gigante confiante e invencível tinha momentos de melancolia e meditação. Sem qualquer motivo aparente, de repente começava a entediar-se; trancava-se sozinho no quarto e zumbia, de fato, zumbia como um enxame inteiro de abelhas; ou então chamava o menino criado Maksimka[16] e ordenava-lhe que cantasse ou lesse em voz alta o úni-

[15] Condecoração criada por Catarina, a Grande, em 1782, para premiar distinções no serviço público ou militar. (N. da T.)

[16] Diminutivo de Maksim. (N. da T.)

O rei Lear da estepe

co livro que se metera em sua casa, um volume solto de *O Labutador em seu Repouso*, de Novikov. E Maksimka, que por estranha brincadeira do acaso sabia ler as sílabas, punha-se, com cortes habituais nas palavras e mudanças de acento, a gritar frases como as seguintes: "Mas o ho-mém das paixões tira conclusões completamente perversas deste lugar vazio que encontra nas criaturas. Nenhuma criatura em particular, di-iz ele, tem o poder de me fazer muito fe-liz!" e etc.[17] Ou entoava uma cançãozinha tristonha, com uma vozinha fina, da qual só era possível distinguir: "I... i... é... i... é... i... Aaa... sca!... O... u... u... E... e... e... e... ra!". Enquanto isso, Martin Petróvitch balançava a cabeça e fazia alusões à fragilidade de tudo aquilo que haveria de virar cinzas, definhar, secar como a grama, passar — e deixar de existir! Sabe-se lá como, caiu-lhe nas mãos um quadro representando uma vela acesa sendo soprada de todos os lados por bochechas retesadas, e embaixo havia a inscrição: "Assim é a vida humana!". Ele gostava muito desse quadro e o pendurara em seu escritório; mas, geralmente, nas épocas normais, sem melancolia, virava-o contra a parede para que não o perturbasse. Kharlov, esse colosso, temia a morte! No entanto, com a ajuda da religião e de orações, ele raramente tinha crises de melancolia; mas mesmo nesse caso, confiava mais em seu próprio juízo. Não tinha uma devoção especial; pouco o viam na igreja; na verdade, ele dizia que não ia até lá pelo simples

---

[17] *O Labutador em seu Repouso*, edição periódica, Moscou, 1785, terceiro capítulo, p. 23, 11ª linha a partir do topo. (N. do A.) [Revista editada por Nikolai Ivánovitch Novikov (1744-1818) e ligada à maçonaria. De acordo com sua apresentação, continha "temas teológicos, filosóficos, moralizantes, históricos e todos os tipos de assuntos importantes e divertidos, para o benefício e prazer de leitores curiosos, consistindo em obras autênticas em russo e traduções dos melhores escritores estrangeiros em poesia e prosa". Teve apenas quatro números, publicados entre 1784 e 1785. (N. da T.)]

motivo de que temia, com o tamanho do seu corpo, espremer todo mundo para fora. Em geral, as crises chegavam ao fim quando Martin Petróvitch começava a assobiar — e, de repente, com voz forte, mandava que lhe preparassem a *drójki* e partia para algum lugar da vizinhança, não sem a audácia de sacudir a mão livre sobre a pala do *kartuz*,[18] como se quisesse nos dizer que para ele agora tanto fazia! Era um homem russo.

V

Homens fortes como Martin Petróvitch, na maioria das vezes, costumam ter um temperamento fleumático; ele, ao contrário, irritava-se com bastante facilidade. Costumava perder a paciência sobretudo com o irmão de sua falecida esposa, que se abrigava em nossa casa na qualidade de bufão ou agregado — um tal de Bitchkov, que desde a infância fora apelidado de Suvenir, e assim ficou. Era Suvenir para todo mundo, até mesmo para a criadagem que, na verdade, o chamava de Suvenir Timofêievitch.[19] Seu verdadeiro nome, parece-me, nem ele mesmo sabia. Era um homem miserável, desprezado por todo mundo: numa palavra, era um parasita. De um lado da boca faltavam-lhe todos os dentes, o que dava a seu pequeno rosto enrugado uma aparência torta. Vivia em eterna agitação e rebuliço: quando não era para o quarto de empregadas, para o escritório, ou para o pope na vila, era para o estaroste[20] na isbá que corria; enxotavam-no de todo lugar, mas ele se limitava a dar de ombros, apertar

[18] Espécie de quepe ou boné. (N. da T.)

[19] Chamar pelo nome acrescido do patronímico denota maior respeito. (N. da T.)

[20] Chefe de comunidade, na Rússia. (N. da T.)

O rei Lear da estepe

os olhinhos vesgos e rir de modo sórdido e aguado, como se enxaguasse uma garrafa. Sempre me pareceu que, se Suvenir tivesse dinheiro, teria se transformado na pessoa mais imoral, indecente, perversa e até cruel. A pobreza fazia-o "refrear-se" a contragosto. Tinha permissão para beber apenas nos feriados. Por ordem de mamãe, era vestido com decoro nas noites em que se juntava a ela para uma partida de *piquet* ou *bóston*.[21] Suvenir volta e meia repetia: "Cá estou, com licença, *agoga*, *agoga*". "O que é *agoga*?", lhe pergunta mamãe com enfado. Ele no mesmo instante atira as mãos para trás, intimida-se e resmunga: "Como quiser, senhora!". Ouvia atrás das portas, mexericava e, o pior, amolava, irritava — ele não tinha outra preocupação —, e amolava de tal modo como se tivesse o direito, como que se vingando por alguma coisa. Chamava Martin Petróvitch de irmãozinho e não se cansava de importuná-lo. "Por que o senhor matou minha irmãzinha Margarida Timofêievna?", aborrecia-o e ficava dando voltas em torno dele, rindo. Certa vez Martin Petróvitch estava sentado na sala de bilhar, um cômodo fresco onde ninguém nunca viu sequer uma mosca e do qual nosso vizinho, inimigo do calor e do sol, gostava muito. Estava sentado entre a parede e a mesa de bilhar. Suvenir corria para lá e para cá diante de sua "pança" e o provocava, fazia caretas... Martin Petróvitch quis rechaçá-lo e avançou contra ele com ambas as mãos. Para sua sorte, Suvenir teve tempo de se esquivar — as palmas das mãos de seu irmãozinho atingiram a beirada do bilhar e a pesada e rústica mesa de sinuca caiu com todos os seis tacos... Em que panqueca não teria Suvenir se transformado se aquelas vigorosas mãos o tivessem acertado!

[21] *Piquet*: antigo jogo de cartas para duas pessoas. *Bóston*: jogo de cartas semelhante ao *whist* e ao *bridge*. (N. da T.)

VI

Fazia tempo que eu estava curioso para ver como Martin Petróvitch erigira a sua moradia, que tipo de casa era. Uma vez me ofereci para acompanhá-lo a cavalo até Ieskôvo (era assim que se chamava a sua propriedade). "Vejam só! Quer ver meus domínios", proferiu Martin Petróvitch, "pois que seja! Mostrarei o jardim, a casa, o celeiro e tudo. Tenho de tudo um pouco!" Partimos. De nossa aldeia até Ieskôvo dava ao todo três verstas.[22] "Aqui estão os meus domínios!", ressoou de repente a voz de Martin Petróvitch, que tentava virar a cabeça imóvel e estender o braço para a direita e para a esquerda, "É tudo meu!". A propriedade de Kharlov ficava no topo de uma colina em declive; embaixo amontoavam-se algumas cabanas precárias de camponeses, perto de um pequeno lago. No lago, numa plataforma, uma velha de *paniova*[23] xadrez batia a roupa branca torcida com uma pá.

— Aksínia! — gritou Martin Petróvitch, mas de tal modo que as gralhas da plantação de aveia vizinha levantaram voo... — Está lavando as calças do marido?

A mulher virou-se no mesmo instante e fez uma reverência.

— As calças, paizinho — soou sua voz fraca.

— Ora, ora! Veja — prosseguiu Martin Petróvitch, dirigindo-se num trote curto ao longo da cerca meio apodrecida —, este é o meu cânhamo; e aquele lá é o dos camponeses; vê a diferença? E este é o meu jardim; fui eu que plantei as macieiras, e os salgueiros também. E no entanto aqui não havia uma árvore sequer. É assim que se faz — aprenda.

---

[22] Unidade de medida russa equivalente a 1,067 km. (N. da T.)

[23] Saia de três panos de lã, geralmente listrada ou xadrez, usada pelas mulheres camponesas. (N. da T.)

Viramos para o quintal, fechado por uma cerca. Adiante, bem em frente ao portão, erguia-se um anexo decrépito, com telhado de sapé e alpendre com colunas; ao lado havia outro, mais novo e com um mezanino minúsculo, e também com patas de galinha.[24] "Aqui você também pode aprender", proferiu Kharlov, "veja, os nossos próprios pais, em que casinha de madeira viveram, mas agora, veja o palácio que construí para mim." Esse palácio parecia um castelinho de cartas. Cinco ou seis cachorros, um mais feio e desengonçado que o outro, nos saudaram com latidos. "São pastores!", observou Martin Petróvitch. "Naturais da Crimeia! Psiu, escandalosos! Acabo enforcando todos." No terraço de entrada do novo anexo surgiu um jovem com um casaco comprido de nanquim,[25] o marido da filha mais velha de Martin Petróvitch. Saltando na *drójki* com agilidade, amparou respeitosamente o sogro sob os cotovelos escamados, e chegou a fazer menção de pegar a perna gigantesca que este, ao pender o tronco para a frente, levantou num ímpeto por cima do assento. Em seguida ajudou-me a descer do cavalo.

— Anna! — exclamou Kharlov. — O filho de Natália Nikoláievna nos deu a honra de uma visita; é preciso servir-lhe algo. Onde está Evlâmpiuchka?[26] (A filha mais velha chamava-se Anna, a mais nova, Evlâmpia.)

— Não está em casa. Foi ao campo atrás de centáureas — respondeu Anna, aparecendo na janelinha ao lado da porta.

— Tem coalhada?

---

[24] Referência à cabana da Baba Iagá, espécie de bruxa do folclore russo. A imagem remete às antigas cabanas camponesas, que eram erguidas sobre tocos de raízes cortadas para que ficassem protegidas da umidade do solo e da deterioração. (N. da T.)

[25] Tecido de algodão amarelo-ocre proveniente da China. (N. da T.)

[26] Diminutivo de Evlâmpia. (N. da T.)

— Tem.

— E creme de leite, tem?

— Tem.

— Então traga para a mesa. Enquanto isso lhe mostro meu escritório. Por aqui, faça o favor, por aqui — acrescentou ele, dirigindo-se a mim e chamando-me com o dedo indicador, insistindo para que eu entrasse. Em sua casa não me tratava por "você": com um senhor precisava ser polido. Conduziu-me por um corredor. — É aqui que eu resido — proferiu, atravessando de lado a soleira de uma ampla porta —, e aqui fica o meu escritório. Seja bem-vindo!

Esse escritório revelou-se um aposento grande, rebocado e quase vazio. Nas paredes, suspensas por pregos colocados de maneira irregular, havia duas *nagáikas*,[27] um chapéu de três pontas desbotado, uma espingarda de um cano, um sabre, um estranho colar de arreio com detalhes em metal e o quadro representando uma vela acesa ao vento. Num canto havia um sofá de madeira coberto por um tapete estampado. Centenas de moscas zumbiam em abundância no teto; o aposento, aliás, era fresco. Mas exalava o forte e peculiar odor de floresta que acompanhava Martin Petróvitch a todo lugar. — Que tal, é um bom escritório, não? — perguntou-me Kharlov.

— Muito bom.

— Como você pode ver, ali eu tenho um colar de arreio holandês pendurado — prosseguiu Kharlov, tornando a cair no "você". — Um colar maravilhoso! Troquei com um judeu. Dá só uma olhada!

— Um bom colar de arreio.

— É o mais prático! Sente o cheiro... que couro!

---

[27] Chicote feito de tiras de couro trançadas, muito utilizado pelos cossacos. (N. da T.)

Cheirei o colar. Tinha cheiro de gordura apodrecida, e nada mais.

— Vamos, sente-se. Ali na cadeira, como um convidado — disse Kharlov, enquanto ele mesmo se deixou cair no sofá, fechou os olhos como se cochilasse e chegou até a resfolegar. Eu olhava para ele em silêncio e não cansava de me admirar: uma montanha — sim, e das grandes! De repente ficou agitado.

— Anna! — começou a gritar, e com isso sua enorme barriga inflou e murchou como uma onda no mar. — O que há com você? Mexa-se! Não me ouviu?

— Está tudo pronto, paizinho, tenha a bondade — ouviu-se a voz de sua filha.

Fiquei intimamente admirado pela presteza com que executavam as ordens de Martin Petróvitch, e fui atrás dele para a sala de estar onde, na mesa, coberta com uma toalha vermelha com desenhos brancos, já estavam postos os aperitivos: coalhada, creme de leite, pão branco, açúcar triturado e gengibre. Enquanto eu dava conta da coalhada, Martin Petróvitch murmurava carinhosamente: "Sirva-se, meu amigo. Coma, meu caro. Não despreze nossa comida do campo", e tornou a sentar-se num canto, como se voltasse a dormitar. Diante de mim, imóvel e de olhos baixos, postava-se Anna Martínovna, e pela janela eu podia ver como seu marido conduzia meu *klepper*[28] pelo quintal, puxando a corrente do bridão com as próprias mãos.

VII

Minha mãe não simpatizava com a filha mais velha de Kharlov; achava-a orgulhosa. Anna Martínovna quase nun-

---

[28] Raça de cavalo estoniana, de pequeno porte. (N. da T.)

ca vinha nos cumprimentar e mantinha-se solene e fria em presença de minha mãe, apesar de haver estudado no pensionato e se casado graças a ela, além de ter recebido dela, no casamento, mil rublos em dinheiro vivo mais um xale turco amarelo, um pouco gasto, é verdade. Era uma mulher magra, de estatura mediana, muito ágil e vivaz nos movimentos, tinha uma vasta cabeleira castanha e um belo rosto moreno, no qual se destacavam seus olhos azuis pequenos e pálidos, um pouco estranhos, mas agradáveis; tinha o nariz reto e fino, lábios também finos, e uma covinha no queixo. Qualquer um que olhasse para ela certamente pensaria: "Ora, como você é inteligente — e ranzinza!". E mesmo com tudo isso havia nela algo de encantador; até os sinais escuros espalhados pelo rosto como triguinho sarraceno lhe caíam bem e aguçavam o sentimento que ela despertava. Com os braços metidos sob o lenço, lançava-me olhares furtivos de alto a baixo (eu estava sentado e ela de pé); um sorrisinho hostil se esboçava nos seus lábios, nas bochechas, à sombra de seus longos cílios. "Ora, seu fidalgote mimado!", parecia dizer esse sorriso. Toda vez que inspirava, suas narinas dilatavam-se ligeiramente. Isso também era um pouco estranho, mas ainda assim parecia que Anna Martínovna estava apaixonada por mim, ou que simplesmente desejava beijar-me com seus lábios finos e rijos — eu saltaria até o teto de êxtase. Sabia que ela era muito severa e exigente, que as moças e as velhas a temiam como ao fogo, e com razão! Anna Martínovna secretamente excitava a minha imaginação... Aliás, eu tinha acabado de completar quinze anos, e nessa idade!...

Martin Petróvitch tornou a se agitar.

— Anna! — gritou. — Você deveria dedilhar algo no piano... Os jovens senhores gostam disso.

Olhei ao redor: no aposento havia um objeto deplorável, semelhante a um piano.

— Estou ouvindo, paizinho — respondeu Anna Martínovna. — O que haveria de tocar para ele? Ele não há de achar interessante.

— Então, o que lhe ensinaram no *pinsionato*?

— Esqueci tudo... além do mais, as cordas estão rebentadas — a voz de Anna Martínovna era muito agradável, sonora e como que queixosa... como a que emitem as aves de rapina.

— Pois bem — disse Martin Petróvitch, pondo-se a pensar. — E então — recomeçou ele —, não gostaria de ver o celeiro, não tem curiosidade? — Volodka[29] o levará. — Ei, Volodka! — gritou ao genro que ainda continuava passeando pelo quintal com meu cavalo. — Leve-o ao celeiro... e para todo lado... mostra a minha propriedade. Preciso dar uma cochilada! Então! Fique à vontade!

Ele saiu e eu fui atrás. Anna Martínovna levantou-se rapidamente no mesmo instante e, como se estivesse irritada, pôs-se a tirar a mesa. Na soleira da porta, virei-me para saudá-la, mas ela pareceu não notar minha reverência, apenas tornou a sorrir, mas de um modo ainda mais maldoso que antes.

Peguei meu cavalo com o genro de Kharlov e o conduzi pela rédea. Fomos ao celeiro, mas, como não descobrimos nada de muito curioso ali, e ele não podia presumir grande interesse pela agricultura num jovem rapaz como eu, voltamos para a estrada pelo jardim.

VIII

Eu conhecia muito bem o genro de Kharlov. Chamava-se Vladímir Vassílievitch Sliótkin. Era órfão, filho de um pequeno funcionário público, pupilo de minha mãe e encarre-

---

[29] Diminutivo de Vladímir. (N. da T.)

gado de seus negócios. Primeiro foi colocado no colégio da província, depois entrou para o "gabinete patrimonial", em seguida foi matriculado a serviço do fisco e por fim o casaram com a filha de Martin Petróvitch. Mamãe o chamava de judeuzinho, e ele, com seus cabelinhos encaracolados, com os olhos negros e sempre úmidos como ameixa seca cozida, o nariz aquilino e a boca vermelha e larga, realmente lembrava um tipo judeu; mas a cor da pele era branca e, no conjunto, tinha muito boa aparência. Seu temperamento era prestativo apenas para assuntos que não diziam respeito a seu proveito pessoal. Aí, no mesmo instante, se perdia na ganância, chegava até mesmo às lágrimas; por uma ninharia estava pronto a gemer um dia inteiro; cem vezes lembrava a tal promessa, ofendia-se e reclamava se ela não fosse cumprida de imediato. Gostava de andar a esmo pelas clareiras com a espingarda e, quando acontecia de apanhar uma lebre ou um pato, punha a sua caça na bolsa e dizia, com grande sentimento: "Agora você pode fazer travessuras que não me escapa! Agora terá de servir *a mim*!".

— O senhor tem um bom cavalinho — começou a dizer com sua voz sibilante, ajudando-me a montar na sela —, se eu tivesse um cavalo assim! Mas de que jeito? Não tenho a mesma sorte! Se ao menos o senhor pedisse à sua mãe... lembre-a.

— E ela lhe prometeu?

— Se prometeu! Não. Mas acredito em sua grande bondade...

— Deveria recorrer a Martin Petróvitch.

— A Martin Petróvitch! — repetiu lentamente Sliótkin. — Para ele, eu e algum menino da criadagem, como Maksim, somos a mesma coisa. Além de nos tratar mal, não se vê nenhuma recompensa de sua parte por todo o trabalho.

— Será?

— É isso mesmo, juro por Deus. Como se diz: "Palavra

de honra!", pois é como golpear com um machado. Pedir ou não pedir... dá tudo na mesma. E Anna Martínovna, minha esposa, não tem com ele a mesma primazia que Evlâmpia Martínovna.

— Oh! Senhor. Meu Deus, paizinho! — de repente interrompeu a si mesmo e ergueu as mãos em desespero. — Olha: o que é isso? Meia *osmina*[30] de aveia, da nossa aveia, que um miserável qualquer ceifou. Que tal?! Estão sãos e salvos. Bandidos, Bandidos! Pois é mesmo verdade o que dizem, para não confiar em Ieskôvo, Bieskôvo, Iêrin, Biêlin (era assim que se chamavam as quatro aldeias vizinhas). Ah, ah, o que é isso! Considere um rublo e meio, se não for dois, de prejuízo!

Na voz de Sliótkin por pouco não se ouviam soluços. Cutuquei o flanco do cavalo e saí de perto dele.

As exclamações de Sliótkin ainda me alcançavam os ouvidos quando, de repente, na curva da estrada, topei com a tal segunda filha de Kharlov, Evlâmpia, que segundo Anna Martínovna fora ao campo atrás de centáureas. Uma espessa coroa dessa flor cingia-lhe a cabeça. Trocamos saudações em silêncio. Evlâmpia também era muito bem-apessoada, não pior que a irmã, apenas um tipo diferente. Era alta e tinha uma compleição robusta; tudo nela era grande: a cabeça, as pernas, os braços, os dentes brancos como a neve e, sobretudo, os olhos saltados, lânguidos, cinza e escuros como contas de vidro. Tudo nela era até monumental (não por acaso era filha de Martin Petróvitch), mas belo. Pelo jeito não sabia onde enfiar a trança loura e espessa, então dava umas três voltas em torno da cabeça. Sua boca era encantadora, fresca como uma rosa, cor de framboesa, e, quando falava, seu lábio superior soerguia-se com muita graça. Mas, em seu olhar, em seus olhos grandes, havia algo de selvagem e quase seve-

---

[30] Unidade de medida russa equivalente a 105 litros. (N. da T.)

ro. "É livre, tem sangue cossaco", assim falava dela Martin Petróvitch. Eu a temia... A presença dessa beldade lembrava-me seu pai.

Afastei-me e um pouco mais adiante ouvi que ela se pusera a cantar com uma voz regular, forte e um pouco áspera, bem de camponesa, e depois se calou de repente. Olhei para trás e do topo da colina a avistei de pé ao lado do genro de Kharlov, diante da *osmina* de plantação de aveia ceifada. Este gesticulava e apontava com as mãos, mas ela não se movia. O sol iluminava sua figura alta e a coroa de centáureas em sua cabeça emitia um brilho azulado.

IX

Acho que já lhes contei, senhores, que mamãe reservava um noivo para essa segunda filha de Kharlov. Era um dos nossos vizinhos mais pobres, o major do exército reformado Gavrilo Fedulitch Jitkov, homem já de certa idade e, como ele próprio dizia, não sem uma ridícula presunção e, no entanto, como se recomendasse a si mesmo, "quebrado e partido". Mal sabia ler e escrever e era muito tolo, mas nutria em segredo a esperança de se tornar administrador de minha mãe, pois se sentia "um executor". "Se não outra coisa, meu senhor, contar os dentes dos mujiques; disso entendo muito bem", dizia ele, quase rangendo os próprios dentes, "a isso estou habituado", explicou ele, "por causa de meu antigo cargo." Se Jitkov fosse menos tolo, entenderia que de fato não havia nenhuma chance de se tornar administrador de minha mãe, já que para isso seria necessário destituir o atual, e não havia ninguém como Kvitsínski, um polonês muito sensato e peculiar, em quem mamãe tinha plena confiança. O rosto de Jitkov era comprido e cavalar; todo delineado por cabelos louro-empoeirados, até mesmo a face sob os olhos

O rei Lear da estepe

tinha barba por fazer; mesmo num frio intenso, ficava coberto de suor abundante, como se fossem gotas de orvalho. Na frente de mamãe, ele imediatamente se empertigava, a cabeça começava a tremer de zelo, as enormes mãos batiam de leve nas coxas e toda a sua figura parecia assim clamar: "Pode ordenar!... E eu me atiro!". Mamãe não se enganava a respeito de sua capacidade, o que não a impedia, entretanto, de cuidar de seu casamento com Evlâmpia.

— Será que você conseguirá lidar com ela, meu caro? — perguntou-lhe certa vez.

Jitkov sorriu todo satisfeito.

— Perdão, Natália Nikoláievna! Mantinha todo o regimento em ordem, andando na linha, e isso é o quê, minha senhora? É a coisa mais simples.

— Uma coisa é o regimento, meu caro, e outra é uma moça nobre, uma esposa — observou mamãe com descontentamento.

— Perdão, senhora! Natália Nikoláievna! — tornou a exclamar Jitkov. — Isso todos nós podemos entender muito bem. Numa palavra: é uma senhorita, uma pessoa meiga!

— No entanto — decidiu mamãe, afinal —, Evlâmpia não vai se dar o braço a torcer.

X

Certa vez — o caso ocorreu no mês de junho, ao cair da noite — um criado anunciou a chegada de Martin Petróvitch. Minha mãe ficou surpresa: fazia mais de uma semana que não o víamos e ele nunca viera tão tarde nos visitar. "Aconteceu alguma coisa!", exclamou ela a meia-voz. O rosto de Martin Petróvitch, quando este irrompeu no aposento e no mesmo instante deixou-se cair na cadeira ao lado da porta, tinha uma expressão tão extraordinária, tão meditativa e até mesmo pálida, que minha mãe repetiu alta e involuntariamente sua exclamação. Martin Petróvitch cravou-lhe os pequenos olhos em silêncio, deu um suspiro pesado, continuou em silêncio e, por fim, explicou que viera por um assunto... que... era de um tipo, que por causa...

Depois de murmurar estas palavras incoerentes, de repente se levantou e saiu.

Mamãe o chamou, ordenou a um criado que havia aparecido que alcançasse Martin Petróvitch imediatamente e o trouxesse de volta, mas este já tivera tempo de subir em sua *drójki* e ir-se embora.

Na manhã seguinte, mamãe, que ficara igualmente surpresa e até alarmada com a estranha atitude de Martin Petróvitch e a expressão extraordinária de seu rosto, estava para enviar à sua casa seu estafeta, quando ele próprio tornou a surgir diante dela. Desta vez parecia tranquilo.

— Conte-me, meu caro, conte-me — exclamou mamãe assim que o viu —, o que aconteceu com você? Palavra que ontem cheguei a pensar: Deus!, pensei eu, não terá o nosso velho perdido o juízo?

— Não perdi o juízo, senhora — respondeu Martin Petróvitch —, não sou esse tipo de pessoa. Mas preciso me aconselhar com a senhora.

— Sobre o quê?

— Apenas não estou certo de que isso há de lhe ser agradável...

— Fale, fale, meu caro, sem cerimônias. Não me deixe preocupada! Para que esse *há de lhe ser*? Fale de modo mais simples. Foi outro ataque de melancolia?

Kharlov ficou carrancudo.

— Não, não é melancolia, ela acontece na lua nova; mas permita-me perguntar, o que a senhora acha da morte?

Mamãe ficou agitada.

— De quê?

O rei Lear da estepe 29

— Da morte. Será que a morte pode poupar alguém neste mundo?

— O que foi que você inventou, meu caro? Quem de nós é imortal? Nem mesmo você que nasceu gigante; seu fim também chegará.

— Chegará! Oh, chegará! — arrematou Kharlov e baixou os olhos. — Tive uma visão em sonho — arrastou por fim.

— O que você está dizendo? — minha mãe o interrompeu.

— Uma visão em sonho — repetiu ele. — Eu tenho visões!

— Você?

— Sim! A senhora não sabia? — Kharlov suspirou. — Pois bem... dei uma deitada, senhora, pouco mais de uma semana atrás, durante o jejum de Pedro e Paulo;[31] deitei depois do almoço para descansar um pouco e acabei adormecendo! E vejo, como se fosse no quarto, um potro murzelo correndo ao meu encontro. E esse potro se pôs a brincar e a mostrar os dentes. O potro murzelo era como um besouro.

Kharlov se calou.

— E então? — proferiu mamãe.

— Quando de repente esse mesmo potro se vira e me acerta um coice no cotovelo esquerdo, bem no ossinho! Acordei, mas o braço não se mexia e a perna esquerda também não. Bem, pensei eu, é paralisia; entretanto, despertei e tornei a me movimentar; tenho apenas um formigamento nas juntas que até agora não passou. É só abrir a mão que formiga.

---

[31] Solenidade que tem início na segunda segunda-feira após o Pentecostes e termina no dia de São Pedro e São Paulo, em 29 de junho (12 de julho no calendário juliano). (N. da T.)

— Então você, Martin Petróvitch, parece que dormiu sobre a mão.

— Não, senhora; não diga uma coisa dessas! É uma advertência para mim... É sobre minha morte, quer dizer.

— Mais essa agora! — ia começar mamãe.

— Uma advertência! Vai se preparando, homem! E é por isso, senhora, que devo lhe comunicar sem nenhuma demora. Sem querer — gritou Kharlov num repente — que essa minha morte, escrava de Deus, me apanhasse de surpresa, pus isso na cabeça: repartir agora mesmo, ainda em vida, a propriedade entre minhas duas filhas, Anna e Evlâmpia, do modo como o Senhor Deus ordenou à minha alma. — Martin Petróvitch parou, deixou escapar um gemido e ajuntou: — Sem nenhuma demora.

— E daí? Isso é uma boa ideia — observou mamãe —, apenas acho que você está se precipitando à toa.

— E como também desejo que nesse caso — prosseguiu Kharlov, erguendo ainda mais a voz — sejam observadas as leis e a devida ordem, então peço encarecidamente ao seu filhinho, Dmitri Semiônovitch — pois a senhora eu não ousaria importunar —, peço apenas ao seu filhinho, Dmitri Semiônovitch, e ao meu parente Bitchkov encarrego o simples dever de presenciar a execução de uma ata formal e impecável e a tomada de posse de minhas duas filhas, Anna, a casada, e Evlâmpia, a solteira; essa ata tem de ser posta em prática depois de amanhã, ao meio-dia, na minha própria propriedade, Ieskôvo, também chamada Koziúlkin, com a participação de funcionários e autoridades que, na verdade, já foram convidados.

Martin Petróvitch mal conseguiu terminar esse discurso que, era evidente, fora decorado, repetido e interrompido por suspiros frequentes... Era como se lhe faltasse ar nos pulmões: seu rosto pálido tornou a enrubescer e ele enxugou o suor diversas vezes.

O rei Lear da estepe

— E você já redigiu a distinta ata? — perguntou mamãe.
— Onde arranjou tempo para isso?

— Consegui... oh! deixando de beber e de comer...

— Você mesmo escreveu?

— Volodka... oh! ajudou.

— E entregou o requerimento?

— Entreguei e a Câmara aprovou, foi ordenado tanto pelo tribunal da província como pela divisão temporária do tribunal do *zemstvo*[32]... oh!... foi despachado para deferimento.

Mamãe sorriu.

— Vejo que você, Martin Petróvitch, já providenciou tudo como se deve, e tão depressa! Parece que não poupou dinheiro!

— Não poupei, senhora!

— Veja só! Mas diz que deseja aconselhar-se comigo. Pois bem, deixe que Mítienka[33] vá; mandarei também o Suvenir com ele e direi ao Kvitsínski... E você não convidou Gavrilo Fedulitch?

— Gavrilo Fedulitch... senhor Jitkov... também... foi avisado por mim. Como cabe a um noivo!

Pelo visto Martin Petróvitch esgotara todo o seu estoque de eloquência. Além disso, sempre me pareceu que ele não tinha muita simpatia pelo noivo arranjado por mamãe; talvez esperasse um partido mais vantajoso para a sua Evlâmpiuchka.

Ele se levantou da cadeira e fez uma grande mesura.

— Grato pelo consentimento!

[32] Sistema de administração regional vigente na Rússia entre 1864 e 1918. (N. da T.)

[33] Diminutivo de Dmitri. (N. da T.)

— Aonde vai então? — perguntou mamãe. — Sente-se, mandarei servir um aperitivo.

— Fico muito contente — respondeu Kharlov. — Mas não posso... Oh! Preciso ir para casa.

Afastou-se e fez menção de passar pela porta de lado, como era seu costume.

— Espere, espere — continuou mamãe —, então entregará às suas filhas toda a sua propriedade, sem ressalvas?

— Com certeza, sem ressalvas.

— Então, e você mesmo... onde irá morar?

Kharlov até agitou as mãos.

— Como, onde? Em minha casa, onde morei até *agorinha*... e daqui em diante. Como poderia ser diferente?

— E confia tanto assim em suas filhas e em seu genro?

— A senhora diz isso por causa de Volodka? Por causa daquele trapo? Pois eu o empurro para onde quiser, para cá, para lá... Que poder tem ele? E elas, isto é, as filhas, hão de me dar de comer, de beber, de me vestir e calçar... Tenha dó! É a primeira obrigação delas! Irei aborrecê-las por pouco tempo. A morte logo estará sobre meus ombros.

— A morte está nas mãos de Deus — observou mamãe —, mas a obrigação, de fato, é delas. Você me desculpe, Martin Petróvitch, mas a sua mais velha, Anna, é de uma arrogância notória, já a segunda tem um olhar de lobo.

— Natália Nikoláievna! — interrompeu Kharlov. — O que a senhora está dizendo?... Como se elas... as minhas filhas... como se eu... pudessem faltar com a obediência? Foram elas mesmas, em sonho... Oporem-se?... A quem? Ao pai?... Ousariam? E a maldição sobre elas não seria longa? Passaram a vida inteira tementes e obedientes, e de repente... Senhor!

Kharlov pôs-se a tossir e a grunhir.

— Ora, está bem, está bem — mamãe apressou-se em acalmá-lo —, mas ainda assim não compreendo por que inventou de dividir entre elas *agora*. Haveriam de ficar com tudo, de qualquer maneira, depois de você. Acho que tudo isso é por causa da sua melancolia.

— Ora, mãezinha! — retrucou Kharlov não sem irritação —, lá vem a senhora com a sua melancolia! Nisso deve haver uma força maior, mas para a senhora: é melancolia. Porque eu, senhora, em pessoa inventei, ainda "vivinho", de querer decidir por mim mesmo quem vai ter o quê e que recompensa darei a quem, para que elas tenham, sintam gratidão e cumpram o que o pai e benfeitor determinou por sua grande bondade...

A voz de Kharlov tornou a se interromper.

— Pois então basta, basta, meu caro — interrompeu-o mamãe —, senão o potro murzelo haverá mesmo de aparecer.

— Oh, Natália Nikoláievna, não me fale dele! — gemeu Kharlov. — É a minha morte que vem atrás de mim. Deus me perdoe. Quanto ao senhor, meu amo, terei a honra de esperá-lo depois de amanhã!

Martin Petróvitch saiu; mamãe o seguiu com o olhar e balançou a cabeça de modo expressivo.

— Isso não é bom — sussurrou ela —, não é bom. Você notou — dirigiu-se a mim — que ele fala como que apertando os olhos por causa do sol; pois saiba que isso é um mau sinal. Um homem assim carrega um peso no coração e a desgraça o ameaça. Vá depois de amanhã com Vikenti Ossípovitch e Suvenir.

XI

No dia determinado, a grande carruagem de quatro lugares da família, atrelada a seis cavalos baios e com o "cocheiro-chefe" na boleia, o corpulento Aleksiêitch, de barba grisalha, aproximou-se suavemente do terraço de entrada de nossa casa. A importância da ata que Kharlov tencionava colocar em vigor e a solenidade com a qual nos convidou fizeram efeito em minha mãe. Ela mesma emitiu a ordem para preparar justamente essa equipagem extraordinária e mandou que Suvenir e eu nos vestíssemos como nos feriados: pelo visto, queria honrar seu "protégé".[34] Kvitsínski sempre usava casaca e gravata branca. Durante todo o caminho, Suvenir tagarelou, deu risadinhas, refletiu se o irmãozinho lhe concederia alguma coisa e então o chamou de besta e de *kikimora*.[35] Kvitsínski, um homem colérico e carrancudo, por fim não resistiu. "E esse seu gosto", começou a falar com seu distinto sotaque polonês, "de matraquear tanto despropósito? Será possível que não pode se sentar tranquilamente, sem esses disparates 'a ninguém necessários' (sua frase preferida)?" "Pois bem, *agoga*", murmurou Suvenir com desgosto e cravou os olhos vesgos na janelinha. Haviam se passado uns quinze minutos, os cavalos seguiam a trote regular e mal começaram a suar sob os novos arreios finos de couro quando surgiu a propriedade de Kharlov. Nossa carruagem entrou no pátio pelos portões abertos de par em par; o minúsculo cocheiro, cujas pernas mal alcançavam a metade do corpo do cavalo, deu um salto na sela estofada pela última vez com um gemido pueril, os cotovelos do velho Aleksiêitch ao mesmo tempo alongaram-se e soergueram-se — ouviram-se breves "eia" e nós paramos. Os cachorros não vieram latindo ao nosso encontro, os meninos da criadagem, com camisas meio abertas na barriga grande, também haviam desaparecido. O genro de Kharlov nos esperava na soleira da porta. Lembro-me de ter ficado surpreso sobretudo com as bétulas planta-

[34] Em francês no original, "protegido". (N. da T.)

[35] Personagem da mitologia eslava, semelhante a uma bruxa, ligada aos afazeres domésticos. (N. da T.)

das em ambos os lados do terraço de entrada, como se fosse dia de Pentecostes. "A solenidade das solenidades!", cantou Suvenir pelo nariz, o primeiro a apear da carruagem. Realmente via-se solenidade em tudo. O genro de Kharlov usava uma gravata plissada com um laço de cetim e uma casaca preta extremamente apertada; e os cabelos de Maksimka, que surgia por detrás de suas costas, estavam tão molhados de *kvas*[36] que chegavam a pingar. Entramos na sala de estar e avistamos Martin Petróvitch, imponente — de fato imponente —, imóvel no meio do aposento. Não sei o que sentiram Suvenir e Kvitsínski diante da visão de sua figura colossal, mas eu senti algo semelhante à veneração. Martin Petróvitch vestia um capote cossaco cinza de gola preta alta, provavelmente de quando fora voluntário em 1812, vislumbrava-se uma medalha de bronze em seu peito, a espada pendia ao lado; a mão esquerda estava pousada no cabo e a direita apoiada na mesa coberta com um feltro vermelho. Havia duas folhas de papel escritas sobre essa mesa. Kharlov não se mexia nem ofegava; e que seriedade sua postura refletia, que confiança em si mesmo, em seu absoluto e incontestável poder! Ele mal respondeu ao nosso aceno de cabeça e, com sua voz rouca, proferiu: "Por favor!", e apontou com o indicador da mão esquerda em direção a uma fileira de cadeiras. Na parede direita da sala de estar estavam ambas as filhas de Kharlov, enfeitadas como aos domingos: Anna usava um vestido verde e lilás com uma faixa de cetim amarela; Evlâmpia vestia um rosa com fitas de cor vermelho vivo. Jitkov se sobressaía ao lado delas usando uma farda nova, com a habitual expressão obtusa de ávida expectativa no olhar e o costumeiro suor abundante no rosto peludo. Junto à parede esquerda da sala de estar havia um sacerdote de batina surrada cor de

---

[36] Refresco fermentado de pão de centeio. (N. da T.)

tabaco, era um homem velho de cabelos ásperos castanho-acinzentados. Esses cabelos, os olhos baços e sem brilho e as mãos grandes e calejadas, que pareciam um peso e um fardo para ele, como montões sobre os joelhos, e as botas alcatroadas espiando sob a batina — tudo testemunhava o seu trabalho e a vida infeliz: sua paróquia era muito pobre. A seu lado achava-se um *isprávnik*[37] gordinho e pálido, um senhorzinho desmazelado, com braços e pernas curtos e gorduchos, de olhos pretos, bigode preto aparado, e no rosto um sorriso constante e alegre, embora mau: era conhecido por ser um grande corrupto e até tirano, como diziam naquele tempo; não apenas os senhores de terras, mas também os camponeses já estavam familiarizados e gostavam dele. Olhava ao redor sem nenhum constrangimento e um tanto zombeteiro: era evidente que todo esse "procedimento" o divertia. Na verdade, estava interessado nos aperitivos com vodca, que se aproximavam. Em compensação, ao seu lado estava sentado o advogado, um homem magro, de rosto comprido, costeletas estreitas, que iam das orelhas até o nariz, como as de Alexandre I, e toda a sua alma demonstrava empenho às disposições de Martin Petróvitch e dele não despregava seus olhos grandes e sérios: movia e mexia os lábios sempre com atenção e interesse redobrados sem, no entanto, descerrá-los. Suvenir instalou-se ao lado dele e pôs-se a falar aos sussurros, depois de me notificar que aquele era o primeiro maçom da província. A divisão temporária do tribunal do *zemstvo* consiste, como se sabe, em um *isprávnik*, um advogado e um *stanovói*;[38] mas o *stanovói*, ou de fato não estava presente, ou ficara em segundo plano, de modo que não o notei; aliás, em

[37] Comissário da polícia nos conselhos e presidente do tribunal do *zemstvo*. (N. da T.)

[38] Chefe da polícia nos conselhos da Rússia de então. (N. da T.)

O rei Lear da estepe

nossa província ele carregava a alcunha de "sem importância". Sentei-me ao lado de Suvenir, e Kvitsínski a meu lado. No rosto prático do polaco se estampava uma nítida irritação pela "a ninguém necessária" viagem, um desperdício de tempo... "Senhora! Fantasias aristocráticas russas!", parecia cochichar para si mesmo... "Ah, esses russos!"

XII

Quando todos nos sentamos, Martin Petróvitch ergueu os ombros, soltou um grasnido, lançou-nos um olhar com seus olhinhos de urso e, com um suspiro ruidoso, começou da seguinte maneira:

— Prezados senhores! Convidei-os para a seguinte ocasião. Estou ficando velho, meus senhores, enfermidades me abatem... E já fui advertido de que a hora da morte se aproxima como um ladrão à noite... Não é assim, reverendo? — dirigiu-se ao sacerdote.

O reverendo estremeceu.

— Assim, assim — murmurou ele, balançando a barba.

— E por isso — continuou Martin Petróvitch levantando a voz de repente —, não querendo eu que a morte me apanhasse de surpresa, coloquei isso na cabeça... — Martin Petróvitch repetiu palavra por palavra a frase que ele, dois dias antes, pronunciara a mamãe. — Em virtude dessa minha decisão — gritou ele ainda mais alto —, esta ata (e bateu com a mão nos papéis que estavam sobre a mesa) por mim redigida e testemunhada pelas autoridades constituídas convidadas, consiste no meu desejo que são os pontos que seguem. Reinei, agora basta!

Martin Petróvitch colocou os óculos redondos de ferro sobre o nariz, pegou da mesa uma das folhas escritas e começou:

— A distinta ata sobre a herdade do cadete-baioneta reformado e nobre de nascimento, Martin Petróvitch, redigida por ele mesmo em plena e sã consciência e bom julgamento, na qual determina com precisão quais terras concede às suas duas filhas, Anna e Evlâmpia (cumprimentem! — elas fizeram uma reverência), e quais servos e demais bens e viventes divide entre as mencionadas filhas! Pela mão do poder!

— Desejam ler esse pedacinho de papel — cochichou o *isprávnik* para Kvitsínski com seu sorrisinho constante — pela beleza das sílabas, enquanto a ata legítima foi redigida como se deve, sem esses floreios.

Suvenir começou a dar risadinhas...

— De acordo com a minha vontade! — interveio Kharlov, de quem a observação do *isprávnik* não passou despercebida.

— De acordo com todos os pontos — respondeu aquele apressadamente e com alegria —, apenas a forma, o senhor sabe, Martin Petróvitch, não há meios de contornar. E os detalhes supérfluos são eliminados. Porque vacas malhadas e patos turcos de modo algum podem entrar na Câmara.

— Venha aqui, você! — gritou Kharlov ao genro que entrara no aposento atrás de nós e estava parado junto às filhas com um aspecto servil. No mesmo instante ele se aproximou do sogro de um salto.

— Vamos, pegue e leia! É difícil para mim. Mas apenas olhe, não amasse! Para que todos os senhores presentes possam examinar.

Sliótkin pegou a folha com ambas as mãos e de forma trêmula, porém clara, se pôs a ler a distinta ata com gosto e sentimento. Nela estava assinalado com o maior esmero o que exatamente era deixado para Anna e o que era para Evlâmpia e como elas deveriam fazer a divisão. De tempos em tempos, Kharlov interrompia a leitura com as palavras: "Ouça, isto é para você, Anna, por seu zelo!", ou: "Isto é para

O rei Lear da estepe

39

você, Evlâmpiuchka, querida!", e ambas as irmãs faziam saudações, Anna em profunda reverência e Evlâmpia com um aceno de cabeça. Kharlov as contemplava com uma seriedade sombria. "A casa senhorial (o novo anexo) foi entregue a Evlâmpia — como filha mais nova, segundo a tradição secular." A voz do leitor ressoou e tremeu ao pronunciar estas palavras desagradáveis para ele, enquanto Jitkov lambia os lábios. Evlâmpia olhava-o de soslaio: eu não teria gostado desse olhar se estivesse no lugar de Jitkov. A expressão desdenhosa no rosto, própria de Evlâmpia, como de toda beldade russa autêntica, dessa vez trazia um matiz especial. Martin Petróvitch reservou a si o direito de continuar ocupando seus aposentos e atribuiu a si, sob a alcunha de *oprítchnik*,[39] total manutenção das "provisões naturais" e dez rublos por mês para roupa e calçado. Kharlov quis ler ele mesmo a última frase da distinta ata. "Essa é a minha vontade de pai", dizia ela, "a qual minhas filhas devem cumprir e observar de maneira sagrada e inviolável, como a um mandamento, pois a mim, seu pai e chefe, depois de Deus, e a ninguém mais, devem prestar contas, nem dar ou dever; e farão a minha vontade se cumprir, e então minha bênção paterna estará com elas, e se não fizerem minha vontade se cumprir, que Deus nos livre, minha maldição paterna e irrevogável recairá sobre elas, agora e para todo o sempre, amém!" Kharlov ergueu a folha bem alto sobre a sua cabeça, Anna caiu de joelhos e bateu a testa no chão rapidamente no mesmo instante; seu marido tombou depois dela. "Então, e você?", voltou-se Kharlov a Evlâmpia. Esta ficou inteira ruborizada e também se inclinou ao chão; Jitkov curvou todo o corpo para a frente.

[39] Nome dado aos integrantes da guarda de Ivan, o Terrível (1530-1584). (N. da T.)

— Assinem! — exclamou Kharlov apontando com o dedo o final da folha. — Aqui: agradeço e aceito, Anna! Agradeço e aceito, Evlâmpia!

Ambas as filhas se levantaram e assinaram, uma após a outra. Sliótkin também se levantou e pegou na pena, mas Kharlov afastou-o metendo o dedo médio em sua gravata de tal forma que ele engasgou. Houve um minuto de silêncio. De repente, Martin Petróvitch como que soluçou e murmurou: "Bem, agora é tudo de vocês!", e foi para um lado. As filhas e o genro se entreolharam, se aproximaram dele e o beijaram acima dos cotovelos, pois não conseguiam alcançar os ombros.

XIII

O *isprávnik* leu a ata formal e verdadeira, uma escritura de doação redigida por Martin Petróvitch. Em seguida saiu para o terraço de entrada junto com o advogado e, reunindo os vizinhos, as testemunhas, os camponeses de Kharlov e alguns criados junto ao portão, anunciou o evento que fora realizado. Teve início a tomada de posse das duas novas senhoras de terras, que também surgiram no terraço de entrada, e para as quais o *isprávnik* apontou com a mão, franzindo ligeiramente uma sobrancelha, o que deu de relance um aspecto terrível a seu rosto enquanto ele exortava os camponeses à "observância". Ele poderia passar sem essas admoestações: fisionomia mais tranquila do que a dos camponeses de Kharlov, acredito eu, não existe na natureza. Vestindo casacos gastos e sobretudos rotos, mas extremamente apertados com cintos, como sempre era de praxe em ocasiões solenes, eles permaneciam imóveis como pedras, e assim que o *isprávnik* emitia interjeições semelhantes a "Ouçam, diabos! Entendam, demônios!", curvavam-se todos de repente como

O rei Lear da estepe

41

que a um comando; cada um dos "diabos e demônios" segurava com força o gorro com ambas as mãos e não despregava os olhos da janela na qual se vislumbrava a figura de Martin Petróvitch. Até mesmo as testemunhas se intimidaram um pouco.

— Vocês sabem de algum obstáculo — gritou o *isprávnik* para eles — para a tomada de posse das filhas únicas e legítimas de Martin Petróvitch?

Todas as testemunhas como que encolheram no mesmo instante.

— Sabem, demônios? — tornou a gritar o *isprávnik*.

— Não sabemos de nenhum, Vossa Excelência — respondeu com coragem um velhinho bexiguento com a barba e o bigode aparados, um soldado reformado.

— É isso mesmo, valente Eremiêitch! — disseram as testemunhas exaltadas.

A despeito do pedido do *isprávnik*, Kharlov não quis sair com as filhas para o terraço de entrada. "Meus súditos não precisam disso para se submeterem à minha vontade!", respondeu. Para ele, a execução da verdadeira ata trouxe certa tristeza. Seu rosto tornou a empalidecer. Essa nova e singular expressão combinava tão pouco com as feições amplas e corpulentas de Martin Petróvitch que eu, decididamente, não sabia o que pensar! Seria uma nova crise de melancolia? Parece que os camponeses, de sua parte, também estavam perplexos. De fato, "O senhor ainda está vivinho — lá está ele, e que senhor: Martin Petróvitch!". Mas de repente não os terá mais... "É assombroso!" Não sei se foi imaginando que pensamentos vagueavam pela cabeça de seus "súditos", ou se apenas querendo se exibir uma última vez, que Kharlov abriu de repente o postigo, colocou a cabeça na abertura e gritou com voz retumbante: "Obedeçam!". Em seguida fechou o postigo com estrondo. Os camponeses ficaram perplexos, depois disso se dispersaram, mas não ficaram menos tensos, é claro. Estavam ainda mais petrificados e até mesmo pararam de olhar. O grupo de criados (no meio deles se achavam duas moças robustas em vestidos de chita curtos e com panturrilhas semelhantes às que se veem no *Juízo Final*, de Michelangelo, e ainda um velhinho decrépito com os cabelos brancos da velhice, um homem meio cego num capote militar de lã grossa — segundo os boatos, havia sido "tocadorzinho de trompa" nos tempos do Potiômkin —,[40] e o menino criado Maksimka, que Kharlov mantivera consigo), esse grupo mostrava mais animação do que os camponeses; ao menos se mexia, sem sair do lugar. As próprias novas proprietárias de terras se mantinham com ares de grande importância, em especial Anna. Com os lábios secos cerrados, olhava para baixo com obstinação... Sua figura severa não prometia muita bondade à criadagem. Evlâmpia também não erguia os olhos; virou-se apenas uma vez e, como que surpresa, lançou um olhar demorado ao seu noivo Jitkov, que, atrás de Sliótkin, considerou necessário também comparecer ao terraço de entrada. "Com que direito você vem aqui?", pareciam dizer seus belos olhos salientes. Sliótkin era o mais mudado de todos. Uma animação inquieta se manifestava em todo o seu ser, como se um apetite o transpassasse; o movimento da cabeça e das pernas permanecia com o mesmo servilismo de antes, mas com que alegria espichava os braços, com que inquietação movia as escápulas! "Enfim, então consegui!" Terminado o "procedimento" de tomada de posse, o *isprávnik*, que já estava com água na boca com a aproximação do antepasto, esfregou as mãos da maneira especial que, como de hábito, precede o "primeiro trago do calicezinho"; mas verificou-se que Martin Petróvitch desejava antes rezar

---

[40] Grigóri Aleksándrovitch Potiômkin foi um marechal russo que serviu de 1774 a 1791, conhecido por ter sido amante de Catarina, a Grande. (N. da T.)

O rei Lear da estepe

o *Te Deum* e fazer as aspersões de água benta. O sacerdote vestiu a casula velha e decrépita e o sacristão, mais morto do que vivo, saiu da cozinha com dificuldade, inflando o incenso num candelabro velho de cobre. Teve início o *Te Deum*. Kharlov volta e meia suspirava; não podia fazer uma reverência muito baixa, pois era obeso, mas, persignando-se com a mão direita e inclinando a cabeça, apontava com o dedo da mão esquerda para o chão. Sliótkin resplandecia e até derramou algumas lágrimas; com nobreza e à maneira militar, Jitkov agitava um pouco os dedos entre o terceiro e quarto botões do uniforme; como era católico, Kvitsínski permaneceu no cômodo ao lado; o advogado, em compensação, rezava com empenho, suspirava com devoção atrás de Martin Petróvitch e murmurava e movia os lábios com zelo, elevando os olhos com pesar, de tal forma que fiquei comovido ao observá-lo e comecei também a suspirar com ardor. Terminado o *Te Deum* e as aspersões de água benta, sendo que todos os presentes, desde o "tocadorzinho de trompa" cego de Potiômkin até Kvitsínski, molharam os olhos com a água benta e, por ordem de Martin Petróvitch, Anna e Evlâmpia prostraram-se no chão para agradecer-lhe mais uma vez; enfim chegou a hora do almoço. Havia muitos pratos e todos eram saborosos, fartamo-nos terrivelmente. Surgiu uma inevitável garrafa de Donskói.[41] O *isprávnik* foi o primeiro a brindar pela saúde das "adoráveis proprietárias!", pois era o mais familiarizado entre nós com os hábitos da sociedade, e também por ser representante das autoridades. Em seguida propôs ainda que bebêssemos à saúde do nosso mui venerável e magnânimo Martin Petróvitch! Ao ouvir a palavra "magnânimo", Sliótkin soltou um gritinho agudo e correu

[41] Vinho espumante, semelhante ao champanhe, fabricado no norte do Cáucaso e na região do rio Don, próximo a Tula. (N. da T.)

para beijar seu benfeitor... "Então, bem, bem, não é preciso", resmungou Kharlov afastando-o com o cotovelo, como que por despeito... E nesse momento aconteceu, como dizem, um incidente desagradável.

XIV

A saber: Suvenir, que desde o início do almoço estava bebendo sem parar, se levantou bruscamente da cadeira, vermelho como uma beterraba e, apontando o dedo para Martin Petróvitch, caiu em sua risada má e frouxa.

— Magnânimo! Magnânimo! — tagarelou ele. — Mas então veremos se essa magnanimidade será de seu gosto quando ele, o servo de Deus, estiver com as costas nuas... e na neve!

— Que conversa é essa? Tolo! — proferiu Kharlov com desprezo.

— Tolo! Tolo! — repetiu Suvenir. — Só o Deus Todo-Poderoso sabe qual de nós dois é o verdadeiro tolo. Pois o senhor, meu caro, matou minha irmãzinha, sua esposa, mas agora deu cabo de si mesmo... Ha-ha-ha!

— Como se atreve a insultar nosso venerável benfeitor? — choramingou Sliótkin e, desprendendo-se dos ombros de Martin Petróvitch, se atirou sobre Suvenir. — Mas o senhor sabe que, se assim desejar nosso benfeitor, podemos cancelar a própria ata neste mesmo instante?...

— E ainda assim o senhor estará com suas costas nuas na neve... — insinuou Suvenir desaparecendo atrás de Kvitsínski.

— Cale-se! — trovejou Kharlov. — Vou te estapear, que há de deixar molhado só o lugar onde está. E cale-se você também, fedelho! — dirigiu-se ele a Sliótkin. — Não se meta onde não é chamado! Se eu, Martin Petróvitch Kharlov, decidi redigir uma distinta ata, quem então há de destruí-la? Contrariar a minha vontade? Pois não há no mundo um poder...

— Martin Petróvitch! — começou a falar de repente o advogado em voz baixa e suave; ele também havia bebido muito, mas isso apenas aumentava sua seriedade. — Bem, e que verdade o senhor proprietário de terras dignou-se a dizer! A ação que o senhor realizou é grandiosa, pois bem, mas que Deus o livre se, de fato... em vez da devida gratidão, fizerem tamanha afronta!

Olhei furtivamente para as duas filhas de Martin Petróvitch. Anna tinha os olhos cravados no orador e, claro, um rosto mais cruel, mais venenoso e mais belo em sua própria maldade como eu jamais vira! Evlâmpia virou-se e cruzou os braços; um sorriso mais desdenhoso do que nunca retorceu-lhe os lábios cheios e rosados.

Kharlov se levantou da cadeira e abriu a boca, mas era visível que sua língua o traía... De repente deu tamanho soco na mesa que tudo no aposento chegou a tinir e tremer.

— Paizinho — disse Anna às pressas —, eles não nos conhecem e por isso nos julgam assim; mas o senhor tenha a bondade de não se ofender. O senhor fica zangado à toa; veja como ficou com o rosto contraído.

Kharlov olhou para Evlâmpia; ela não se moveu, ainda que Jitkov, sentado a seu lado, lhe cutucasse as costelas.

— Obrigado, minha filha Anna — disse Kharlov com voz surda —, você é razoável; confio em você e em seu marido também. — Sliótkin deu mais um gritinho; Jitkov estufou o peito e bateu os pés de leve; mas Kharlov não notou seus esforços. — Esse vagabundo — prosseguiu ele apontando com o queixo para Suvenir — tem prazer em me provocar; e você, meu prezado senhor — dirigiu-se ao advogado —, não cabe ao senhor julgar Martin Petróvitch, o senhor ainda não chegou a esse entendimento. O senhor é um funcionário público, mas seu discurso é absurdo. Além disso, o negócio está feito, minha decisão não será revogada... Bem, felicidades! Vou-me embora. Aqui não sou mais o senhor, sou convidado. Anna, fica aos seus cuidados, como sabe; e eu vou para o meu escritório. Basta!

Martin Petróvitch virou-nos as costas e, sem acrescentar mais nenhuma palavra, saiu lentamente do aposento.

A saída repentina do anfitrião não poderia deixar de abalar nossa companhia, ainda mais porque ambas as donas da casa também desapareceram pouco tempo depois. Sliótkin tentou nos deter em vão. O *isprávnik* não perdeu a oportunidade de censurar o advogado por sua franqueza inoportuna.

— Não é possível! — respondeu este. — A consciência começou a falar!

— Mas é evidente que é um maçom — sussurrou Suvenir para mim.

— A consciência! — retrucou o *isprávnik*. — Conhecemos a consciência do senhor! Reside, por certo, em seu bolso, da mesma forma como acontece conosco, pecadores!

O sacerdote, por sua vez, já estava em pé, mas, pressentindo o fim iminente do repasto, levava o tempo todo à boca um pedaço atrás do outro.

— E o senhor, estou vendo, tem um grande apetite — observou Sliótkin com rispidez.

— Para o caso de necessidade — respondeu o sacerdote com uma humilde careta; ouvia-se uma fome arraigada nesta resposta.

As equipagens começaram a sacolejar... e nos retiramos.

No caminho de volta, ninguém se incomodou com as caretas e tagarelices de Suvenir, já que Kvitsínski havia anunciado que estava farto de todas essas indecências "a ninguém necessárias" e fora para casa a pé antes de nós. Jitkov sentou-se em seu lugar conosco na carruagem; o major reformado tinha o semblante muito triste e volta e meia o bigode tremia-lhe como uma barata.

— Bem, Vossa Excelência — murmurou Suvenir —, a subordinação, parece, foi pelos ares! Espere só para ver! Vão lhe passar um sermão! Ah, você, noivinho, noivinho, noivinho de meia-tigela!

Suvenir estava fora de si; enquanto o bigode do pobre Jitkov só fazia tremer.

Chegando em casa, contei a minha mãe tudo o que havia visto. Ela me ouviu até o fim e balançou a cabeça algumas vezes.

— Isso não é bom — proferiu ela —, essas novidades todas não me agradam!

XV

No dia seguinte, Martin Petróvitch veio para o almoço. Mamãe felicitou-o pela conclusão bem-sucedida do negócio que havia empreendido.

— Agora você é um homem livre — disse ela — e deve se sentir mais leve.

— Mais leve, senhora — respondeu Martin Petróvitch, a expressão de seu rosto, no entanto, não demonstrava que ele de fato estivesse mais leve. — Agora posso meditar sobre minha alma e me preparar para a hora da morte que se aproxima.

— E aquele formigamento — perguntou mamãe — que tinha nas mãos?

Kharlov abriu e fechou a mão esquerda duas vezes.

— Ainda tenho, senhora; e digo mais: quando começo a adormecer, alguém grita na minha cabeça: "Cuidado! Cuidado!".

— Isso... são os nervos — observou mamãe, e se pôs a

falar sobre o dia anterior aludindo a certas circunstâncias que se seguiram à realização da distinta ata...

— Bem, sim, sim — interrompeu-a Kharlov —, aconteceram algumas coisas... sem importância. Digo-lhe apenas isto — acrescentou pausadamente. — As palavras vazias de Suvenir não me incomodaram ontem; mesmo o senhor advogado, apesar de ser um homem sensato, não me perturbou; mas ela, sim, me perturbou... — aqui Kharlov titubeou.

— Quem? — perguntou mamãe.

Kharlov ergueu os olhos para ela.

— Evlâmpia!

— Evlâmpia? Sua filha? Como foi isso?

— Perdão, senhora, é como se fosse uma pedra! Imóvel como uma estátua! Será que não tem sentimentos? A sua irmã, Anna, bem, essa agiu como devia. Essa é refinada! Mas Evlâmpia — pois eu lhe dei —, é preciso confessar! —, muita preferência! Será que não tem pena de mim? Pois me faz mal, sinto que não sou desta terra, pois renuncio a tudo por eles; e é como se fosse uma pedra! Se ao menos emitisse algum som! Curvar, ela se curva, mas gratidão não se vê.

— Mas espere — observou mamãe —, nós a casaremos com Gavrilo Fedulitch... haverá de ficar mais suave com ele.

Martin Petróvitch tornou a olhar de soslaio para mamãe.

— Bem, há o Gavrilo Fedulitch, pode ser! Parece que confia nele, senhora.

— Confio.

— Pois bem, a senhora deve saber melhor. Quanto a Evlâmpia, eu lhe aviso: o nosso temperamento é o mesmo. O sangue cossaco... e o coração como brasa ardente!

— Mas será que você tem um coração assim, meu caro?

Kharlov não respondeu. Houve um breve silêncio.

— De que modo então você, Martin Petróvitch — começou mamãe —, tenciona salvar sua alma? Vai se juntar a

Mitrofan ou irá para Kíev? Ou, quem sabe, para aquele Mosteiro de Optina que fica na vizinhança? Lá, dizem, apareceu um monge tão santo... chama-se Pai Macário e ninguém se lembra de alguém como ele![42] Vê todos os pecados de ponta a ponta.

— Se ela realmente se mostra uma filha ingrata — murmurou Kharlov com voz rouca —, então parece que o melhor a fazer seria matá-la com minhas próprias mãos!

— Ora! O que está dizendo! Que o Senhor esteja contigo! Volte a si! — gritou mamãe. — Por que diz tais coisas? Mas veja só! Você devia ter me escutado no outro dia quando veio se aconselhar! E agora vai ficar aí se torturando, em vez de pensar em sua alma! Vai ficar se torturando e vai chorar o leite derramado! É isso mesmo! E agora está você aí se lamentando, com medo...

Essa censura foi como uma facada bem no coração de Kharlov. Todo o seu orgulho de antes caiu sobre ele como uma onda. Ele estremeceu e estendeu o queixo.

— Não sou esse tipo de homem, Natália Nikoláievna, para ficar me lamentando e com medo — começou ele sombriamente. — Apenas quis revelar meus sentimentos à senhora, como pessoa minha benfeitora e pessoa respeitável. Mas o Senhor Deus sabe (nisso ele ergueu a mão acima da cabeça) que é mais fácil a Terra se despedaçar do que eu renunciar à minha palavra ou... (nisso ele até bufou) ou me acovardar, ou me arrepender do que fiz! Pois tive meus motivos!

---

[42] Santo Mitrofan (1623-1703) foi o primeiro bispo ortodoxo russo da cidade de Voronej e foi enterrado na Catedral da Anunciação, nessa mesma cidade, com a presença do tsar Pedro, o Grande. Em Kitaev, área histórica da cidade de Kíev, há o Mosteiro da Santíssima Trindade, datado do século XVIII. Já no Mosteiro de Optina, que teria sido fundado no final do século XIV, de fato viveu um Pai Macário, nascido Mikhail Nikoláievtch Ivanov (1788-1860), que promoveu a tradução e publicação de textos religiosos. (N. da T.)

E minhas filhas não faltarão à obediência, para todo o sempre, amém!

Mamãe tapou os ouvidos.

— O que é isso, meu caro, soa como uma trombeta! Se você realmente confia em todos da sua casa, então louvado seja Deus! Você fez todos os meus miolos explodirem!

Martin Petróvitch se desculpou, suspirou uma ou duas vezes e se calou. Mamãe tornou a mencionar Kíev, o Mosteiro de Optina e o Pai Macário... Kharlov concordou dizendo que "é preciso, é preciso... será necessário... sobre a alma...", e só. Não se alegrou até a hora de sua partida; de tempos em tempos abria e fechava a mão, olhava para sua palma, dizia que, para ele, o mais terrível seria morrer sem confissão, de um colapso, e fez uma promessa para si mesmo: não se irritar, pois assim o sangue do coração apodrece e sobe para a cabeça... Além do mais, ele agora se afastara de tudo; por que diabos haveria de se irritar? Agora deixe que os outros trabalhem e estraguem o sangue!

Ao se despedir de mamãe, olhou para ela de forma estranha: pensativa e inquisitiva... e, de repente, com um movimento rápido, tirou do bolso o volume do *Labutador em seu Repouso* e colocou-o nas mãos de mamãe.

— O que é isso? — perguntou ela.

— Leia... bem aqui — proferiu ele às pressas — onde está o cantinho dobrado, sobre a morte. Parece-me que está muito bem contado, mas não posso compreender de modo algum. A senhora poderá me explicar bem explicado, benfeitora? Então voltarei e a senhora me explicará.

Com estas palavras, Martin Petróvitch saiu.

— Isso não é bom! Não é nada bom! — disse mamãe, que assim que ele desapareceu pela porta se pôs a ler o *Labutador*.

Na página marcada por Kharlov havia as seguintes palavras:

O rei Lear da estepe

"A morte é uma grandiosa e solene obra da natureza. Ela nada mais é do que o espírito, ainda que mais leve, mais fina e infinitamente mais penetrante do que aqueles elementos sob cujo domínio ele foi sujeitado, ou seja, do que a própria força elétrica, uma vez que ele é quimicamente purificado e se esforça até sentir que alcançou um lugar igualmente espiritual para si... e etc."[43]

Mamãe leu essa passagem umas duas vezes e exclamou: "Credo!", depois pôs o livro de lado.

Três dias depois, recebeu a notícia de que o marido de sua irmã morrera e partiu para a sua aldeia levando-me junto. Mamãe pretendia passar um mês com ela, mas permaneceu até o final do outono — e retornamos para nossa aldeia apenas no fim de setembro.

XVI

A primeira notícia com que meu criado Prokofi me recebeu (ele mesmo se considerava o guarda-caça senhorial) foi a de que um não acabar mais de galinholas voava e como que fervilhava, sobretudo no bosque de bétulas próximo a Ieskôvo (a propriedade de Kharlov). Ainda faltavam três horas para o almoço; no mesmo instante apanhei a espingarda e a bolsa de caça e corri para o bosque de Ieskôvo junto com Prokofi e uma cadela perdigueira. De fato, lá encontramos um monte de galinholas — e, disparando cerca de trinta projéteis, matamos cinco. Apressando-me com a presa para casa, avistei

[43] *O Labutador em seu Repouso*, tomo III, Moscou, 1785. (N. do A.)

um mujique que arava próximo à estrada. Seu cavalo tinha parado, e ele, choroso e com raiva, xingava e puxava sem piedade as rédeas de corda na cabeça do animal, que se inclinava para o lado. Observei esse rocinante infeliz, cujas costelas quase saltavam para fora, e também seus flancos empapados arfando a custo e convulsivamente como foles ruins — e no mesmo instante reconheci nele a égua mirrada com uma cicatriz no ombro que por tantos anos servira Martin Petróvitch.

— O senhor Kharlov está vivo? — perguntei a Prokofi. A caçada nos absorvera tão completamente que até aquele momento não havíamos conversado sobre qualquer outra coisa.

— Sim, meu senhor. Por quê?

— Mas esse é o cavalo dele? Será que ele o vendeu?

— O cavalo dele com certeza é, meu senhor; mas vender, ele nunca vendeu; pegaram para eles e deram para esse mujique.

— Como assim, pegaram? E ele consentiu?

— Não pediram seu consentimento, senhor. Sem os senhores, as coisas aqui mudaram — proferiu Prokofi com um sorrisinho leve em resposta ao meu olhar surpreso —, uma desgraça! Meu Deus! Agora o senhor Sliótkin administra tudo.

— E Martin Petróvitch?

— E o Martin Petróvitch mesmo se tornou o menos importante dos homens, pode-se dizer. Pratica a xerofagia[44] — o que mais? Deram cabo dele completamente. Espera só para ver, vão correr com ele de casa.

[44] Abstinência dos cristãos primitivos que, durante a Quaresma, comiam apenas alimentos secos ou não cozidos, sendo proibida a ingestão de líquidos. (N. da T.)

A ideia de que seria possível "*pôr a correr*" um tal gigante não me entrava na cabeça de maneira alguma.

— E Jitkov, o que acha disso? — perguntei por fim. — Deve ter casado com a segunda filha?

— Casado? — repetiu Prokofi, e desta vez sorriu de orelha a orelha. — Não vão deixar que entre em casa. Não pode, vão dizer; vá embora, vão dizer, como veio. É como eu disse: Sliótkin manda em tudo.

— Mas, e a noiva?

— Evlâmpia Martínovna? Ah, meu senhor, eu lhe diria... Mas o senhor é tão jovem, é isso aí. As coisas aqui aconteceram de tal modo e... e... e! Eh! Mas parece que a Dianka está parada.

De fato, minha cadela parara petrificada em frente a um espesso arbusto de carvalho que terminava numa ravina estreita à beira da estrada. Prokofi e eu corremos até a cachorra: uma galinhola levantou voo do arbusto. Nós dois atiramos nela e erramos; a galinhola se moveu; fomos atrás dela.

A sopa já estava na mesa quando retornei. Mamãe repreendeu-me. "O que é isso?", disse ela com desagrado. "Então logo no primeiro dia se faz esperar para o almoço?" Ergui as galinholas mortas: ela nem sequer olhou para elas. Além dela, no aposento se encontravam Suvenir, Kvitsínski e Jitkov. O major reformado estava encolhido num canto — era, sem tirar nem por, um colegial que cometera uma falta; a expressão de seu rosto era uma mistura de aborrecimento e constrangimento; seus olhos estavam vermelhos... Podia-se até imaginar que ele havia chorado pouco antes. Mamãe permaneceu de mau humor; não precisei fazer muito esforço para adivinhar que minha chegada tardia não tinha nada a ver com isso. Durante o almoço, ela quase não conversou; de vez em quando o major lançava-lhe olhares queixosos, no entanto, comia bem; Suvenir se agitava; Kvitsínski conservava sua habitual postura firme.

— Vikenti Ossípitch[45] — dirigiu-se mamãe a ele —, pe-ço-lhe que envie uma equipagem a Martin Petróvitch ama-nhã, já que fui informada de que ele não tem mais a sua; e mande dizer que venha sem falta, pois quero vê-lo.

Kvitsínski estava prestes a retrucar algo, mas se conteve.

— E faça Sliótkin saber — continuou mamãe — que eu ordeno que venha até mim... Ouviu bem? Or... de... no!

— É isso mesmo... aquele imprestável tem que... — co-meçou Jitkov a meia-voz; mas mamãe olhou-o com um des-prezo tal que ele imediatamente se virou e ficou em silêncio.

— Ouviu bem? Eu ordeno! — repetiu mamãe.

— Ouvi, senhora — proferiu Kvitsínski humildemente, mas com dignidade.

— Martin Petróvitch não virá! — sussurrou-me Suvenir ao sair comigo da sala de jantar após o almoço. — O senhor verá o que aconteceu com ele! É inacreditável! Acredito que ele não compreende nada do que lhe dizem. Sim! É mantido a rédea curta!

E Suvenir caiu em sua risada frouxa.

XVII

A previsão de Suvenir mostrou-se verdadeira. Martin Pe-tróvitch não quis vir até mamãe. Ela não se deu por satisfei-ta e remeteu-lhe uma carta; ele enviou-lhe um papel quadra-do no qual estavam escritas as seguintes palavras em letras garrafais: "Não posso mesmo. A vergonha mata. Que o dia-bo me carregue. Obrigado. Não se atormente. Kharlov Mar-tinko".[46] Sliótkin veio, não no dia em que mamãe "ordena-ra" que comparecesse, mas dois dias depois. Ela mandou que

[45] Corruptela do patronímico Ossípovitch. (N. da T.)

[46] Diminutivo de Martin. (N. da T.)

o conduzissem ao seu escritório... Sabe Deus do que trataram em sua conversa, mas ela não durou muito tempo: um quarto de hora, não mais. Sliótkin saiu do escritório de mamãe todo vermelho e com uma expressão no rosto tão feroz, venenosa e insolente que, ao encontrá-lo na sala de estar, fiquei simplesmente estupefato, enquanto Suvenir, que se agitava, não chegou a terminar a risada que havia começado. Mamãe também saiu do escritório com o rosto todo vermelho e anunciou em alto e bom som que o senhor Sliótkin sob pretexto algum seria admitido em sua presença; e se as filhas de Martin Petróvitch inventarem de aparecer — pois descaramento, disse, elas têm —, podem rejeitá-las também. Durante o almoço, de repente ela gritou: "Que judeuzinho imprestável! Eu o tirei da lama pelas orelhas, eu lhe dei uma posição, ele deve tudo, tudo, a mim — e ainda ousa dizer que não devo me intrometer em seus negócios! Que Martin Petróvitch é caprichoso — e é impossível contentá-lo. Contentar! Como assim? Ah, menino ingrato! Judeuzinho detestável!". O major Jitkov, que também se achava dentre os que almoçavam, imaginou que agora o próprio Deus lhe ordenava que aproveitasse a ocasião e entrasse na conversa... mas mamãe refreou-o no mesmo instante: "Bem, já você é bom, meu caro!", disse ela. "Não soube arranjar-se com uma moça, mesmo sendo um oficial! Um comandante de regimento! Imagino se ela tivesse te ouvido! Pretendia ser administrador! Que belo administrador teria se saído!..."

Kvitsínski, sentado na ponta da mesa, sorriu para si mesmo, não sem maldade, mas o pobre Jitkov apenas torcia os bigodes e erguia as sobrancelhas e enfiava todo o seu rosto peludo no guardanapo.

Após o almoço, ele saiu para o terraço de entrada para fumar cachimbo, como de hábito — e assim pareceu-me tão infeliz e solitário que eu, apesar de não simpatizar com ele, sentei-me a seu lado.

— Então, Gavrilo Fiedulitch, o seu caso — comecei sem mais delongas — com Evlâmpia Martínovna foi desfeito? Achei que tivessem se casado há muito tempo.

O major reformado olhou com tristeza para mim.

— Aquele víbora — começou ele, pronunciando cada letra de cada sílaba com um cuidado amargo —, feriu-me com seu aguilhão e toda a minha vida e esperanças viraram cinzas! E eu contaria ao senhor, Dmitri Semiônovitch, todas as artimanhas peçonhentas dele, mas temo irritar sua mãe! ("Você ainda é jovem", passou-me pela cabeça a expressão de Prokofi.) Já que é assim...

Jitkov grasniu.

— Suportar... suportar... não resta mais nada! (Ele deu um soco no próprio peito.) Suporte, veterano, suporte! Servi ao tsar de corpo e alma... impecavelmente... sim! Não poupei sangue nem suor, mas agora eis no que me fiei! Se fosse no regimento e o caso dependesse de mim — continuou ele após um breve silêncio, chupando convulsivamente seu cachimbo de cerejeira —, então eu o... eu o atacaria com três golpes de espada... até fartar-me...

Jitkov tirou o cachimbo da boca e fitou o espaço, como que admirando em seu íntimo o quadro que havia evocado.

Suvenir se aproximou correndo e começou a importunar o major. Afastei-me para longe deles e decidi que iria ver Martin Petróvitch com meus próprios olhos a qualquer custo... Minha curiosidade de menino havia sido fortemente aguçada.

XVIII

No dia seguinte tornei a me dirigir ao bosque de Ieskôvo com a espingarda e a cadela, mas sem Prokofi. O dia estava maravilhoso: penso que, à exceção da Rússia, não há dias semelhantes a esse em lugar nenhum no mês de setembro. Um silêncio tal que era possível ouvir, a cem passos de distância, um esquilo saltando nas folhas secas e um raminho solto que de início se prendera fracamente a outros ramos e, por fim, caíra na grama macia — caíra para sempre: ele não se mexeria mais até apodrecer. O ar não estava nem quente nem fresco, apenas perfumado e como que azedo, e beliscava levemente os olhos e as bochechas; fina como um fio de seda, com um novelinho branco no meio, uma teia flutuava suavemente e, grudando no cano da espingarda, se esticou reta no ar — um sinal de tempo quente constante! O sol brilhava com delicadeza, como se fosse a lua. As galinholas apareciam com bastante frequência, mas eu não prestava muita atenção nelas; eu sabia que o bosque chegava quase até a propriedade de Kharlov, até a própria cerca de seu jardim, e encaminhei-me nessa direção, embora não pudesse imaginar como me infiltraria, e até duvidava se deveria empenhar-me em penetrar lá, já que minha mãe estava zangada com os novos donos.

Sons de vida humana chegaram até mim, de uma distância não muito grande. Apurei os ouvidos... Havia alguém andando pela floresta... justamente na minha direção.

— Você deveria ter dito assim — ouvi uma voz de mulher.

— Seja razoável! — interrompeu outra voz, uma voz de homem. — Será possível tudo de uma vez?

As vozes me eram familiares. Um vestido azul cintilou por entre ralos arbustos de nozes; a seu lado mostrou-se um caftã escuro. Um instante depois, na clareira, a uns cinco passos de mim, saíram Sliótkin e Evlâmpia.

De repente, ficaram embaraçados. Evlâmpia recuou para trás do arbusto no mesmo instante. Sliótkin pensou e se aproximou de mim. Em seu rosto já não se viam vestígios da quela humildade servil com a qual ele, cerca de quatro meses antes, andava pelo quintal da casa de Kharlov polindo o bridão de meu cavalo; e aquele ar de desafio insolente eu não conseguia ler, ar que tanto me impressionara em seu rosto no dia anterior, na soleira do escritório de mamãe. Permanecia ainda com a mesma palidez e beleza, mas parecia mais amplo e robusto.

— E então, muitas galinholas voando? — perguntou-me ele erguendo o gorro, sorrindo e passando a mão pelos caracóis negros. — O senhor está caçando em nosso bosque... Seja bem-vindo! Nós não impedimos... ao contrário!

— Hoje não matei nada — disse eu respondendo à sua primeira pergunta —, mas estou saindo agora do seu bosque.

Sliótkin vestiu o gorro às pressas.

— Perdão, mas por quê? Não o estamos expulsando, e até ficamos muito satisfeitos... Aqui está Evlâmpia Martínovna para lhe dizer. Evlâmpia Martínovna, venha até aqui, por favor! Onde a senhora se escondeu?

A cabeça de Evlâmpia apareceu por trás dos arbustos; mas ela não veio até nós. Estava ainda mais bonita do que da última vez — parecia mais alta e robusta.

— Devo reconhecer — continuou Sliótkin — que é até muito agradável me "encontrar" com o senhor. Apesar de ser ainda jovem, já tem verdadeiro juízo. Ontem sua mãe ficou zangada comigo, não quis aceitar nenhum dos meus motivos, mas eu, tanto perante Deus como perante o senhor, declaro: não sou culpado de nada. É impossível tratar Martin Petróvitch de outra maneira: ele voltou completamente à infância. Perdão, mas não se pode atender a todos os seus caprichos. Mas prestamos a ele o devido respeito. Pergunte então a Evlâmpia Martínovna.

Evlâmpia não se mexeu; o habitual sorriso desdenhoso se insinuou em seus lábios, e seus belos olhos fitavam de maneira dura.

O rei Lear da estepe

— Mas então por que o senhor, Vladímir Vassílievitch, vendeu o cavalo de Martin Petróvitch? (Fiquei particularmente impressionado por aquele cavalo achar-se na posse de um mujique.)

— Por que o cavalo dele foi vendido, senhor? Mas tenha dó, ele prestava para quê? Só comia feno à toa. Mas com o mujique ele pode arar, apesar de tudo. E Martin Petróvitch, se inventar de ir para algum lugar, basta então nos pedir. Não recusaremos uma equipagem a ele. Num feriado, com prazer!

— Vladímir Vassílievitch! — proferiu Evlâmpia com uma voz surda como que refreando-o e sempre sem sair do lugar. Com os dedos ela torcia alguns talos de tanchagem e arrancava-lhes as cabeças, batendo uns contra os outros.

— E ainda acerca do moleque Maksimka — disse Sliótkin —, Martin Petróvitch se queixa porque diz que nós o tiramos dele e o enviamos para ser aprendiz. Mas, por gentileza, veja o senhor mesmo: o que ficaria ele fazendo junto de Martin Petróvitch? Ficar na vida mansa, e mais nada. E trabalhar como se deve ele não pode, por causa de sua estupidez e pouca idade. Mas agora está tendo lições com o seleiro. E se tornará um bom artesão — isso lhe será muito proveitoso e ele nos pagará o *obrók*.[47] E em nossa pequena propriedade isso é muito importante, senhor! Em nossa pequena propriedade não se deve negligenciar nada!

"E Martin Petróvitch chamou esse homem de trapo!", pensei.

— O que Martin Petróvitch anda lendo agora? — perguntei.

— O que ele está lendo? Havia um livro, mas ainda bem

---

[47] Tributo pago aos senhores de terra pelos servos que exerciam um ofício. (N. da T.)

que foi extraviado para algum lugar... e para que ler na sua idade?

— Mas quem lhe faz a barba? — perguntei ainda.

Sliótkin deu uma risada de aprovação como que em resposta a uma piada engraçada.

— Ora, ninguém. Primeiro ele chamuscava a barba numa vela, agora não cuida mais dela. E é admirável!

— Vladímir Vassílievitch! — repetiu Evlâmpia com insistência. — Vladímir Vassílievitch!

Sliótkin fez um sinal com a mão.

— Martin Petróvitch calça, veste e come o mesmo que nós; então o que mais lhe falta? Ele próprio afirmou que não deseja mais nada deste mundo a não ser cuidar de sua alma. Se ao menos ele entendesse que agora tudo, por fim, é nosso. Diz também que não lhe damos um ordenado; mas se nem sempre temos dinheiro para nós mesmos; e para que ordenado, se tem tudo o que precisa para viver? Nós o tratamos como alguém da família; verdade seja dita. Os cômodos que ele ocupa, por exemplo, nos são tão necessários! Sem eles simplesmente não temos espaço para nos virarmos; e não fazemos nada! — Suportamos. Pensamos até mesmo em como lhe proporcionar entretenimentos. Pois então no dia de São Pedro comprei-lhe anzóis ó-ótemos na cidade — ingleses originais, anzóis caros! Para pescar à linha. Há muita carpa em nossa represa. Sentou e ficou pescando! Passou uma horinha ou mais sentado... e a sopa de peixe está pronta. Um passatempo adequado para velhinhos!

— Vladímir Vassílievitch! — repetiu Evlâmpia em tom decidido pela terceira vez e atirou para longe de si os talos de erva que retorcia nos dedos. — Estou indo! — seus olhos encontraram os meus. — Estou indo, Vladímir Vassílievitch! — repetiu ela e desapareceu atrás do arbusto.

— Já vou, Evlâmpia Martínovna, já vou! — gritou Sliótkin. — O próprio Martin Petróvitch agora nos aprova —

continuou ele, tornando a se dirigir a mim. — No começo ficou ofendido, de fato, resmungou, e até, o senhor sabe, não entendeu: era um homem, se me permite lembrá-lo, severo, irascível, um horror! Bem, agora se tornou muito calmo. Pois percebeu que é para seu próprio bem. Sua mãe — Deus meu! —, como se virou contra mim... É sabido: a senhora também tem apreço pelo poder, mas não tanto como Martin Petróvitch; bem, entre e veja o senhor mesmo, e, se houver ocasião, dê uma palavrinha. Realmente, reconheço a generosidade de Natália Nikoláievna; mas também temos de viver.

— E como é que Jitkov foi rejeitado? — perguntei.

— O tal de Fedulitch? Aquele idiota? — Sliótkin deu de ombros. — Perdão, mas que utilidade poderia ter? Passou a vida alistado entre os soldados e então agora de repente inventou de querer se ocupar da propriedade. "Eu", ele diz, "posso endireitar os camponeses. Porque estou acostumado a bater na cara." Ele não pode fazer nada, senhor. E é preciso jeito para bater na cara. Mas foi a própria Evlâmpia que o rejeitou. É uma pessoa muito inconveniente. Toda a nossa propriedade estaria perdida com ele!

— Adeus! — ouviu-se a voz sonora de Evlâmpia.

— Já vou! Já vou! — respondeu Sliótkin. Ele estendeu-me a mão; eu a apertei, ainda que a contragosto.

— Perdoe-me, Dmitri Semiônovitch — disse Sliótkin exibindo todos os seus dentes brancos. — Pode atirar à vontade nas galinholas; as aves de arribação não pertencem a ninguém; bem, mas se surgir uma lebrezinha, então o senhor poupe-a: essa presa é nossa. E mais uma coisa! Sua cadela não terá filhotinhos? Agradeceríamos muito!

— Adeus! — tornou a se ouvir a voz de Evlâmpia.

— Adeus! Adeus! — respondeu Sliótkin e correu para o mato.

XIX

Quando fiquei sozinho, lembro-me de que estava absorto com uma ideia: como Kharlov não estapeou Sliótkin de modo a "fazer geleia dele", e por que esse Sliótkin não temia semelhante destino? Pelo visto, Martin Petróvitch estava mais "tranquilo" do que eu pensava, e desejei com mais força ainda me infiltrar em Ieskôvo e dar ao menos uma olhada nesse colosso que de modo algum eu podia imaginar que estivesse manso e oprimido. Já tinha chegado à beira e, de repente, por trás de minhas pernas, com um forte farfalhar de asas, uma galinhola enorme saltou e correu para as profundezas do bosque. Fiz pontaria; minha espingarda falhou. Fiquei muito irritado: era uma ave realmente muito boa, então decidi tentar, será que não a faria alçar novamente? Fui na direção de seu voo e, afastando-me cerca de duzentos passos, avistei numa pequena clareira, sob uma frondosa bétula, não a galinhola, mas aquele mesmo senhor Sliótkin. Estava deitado de costas, com as mãos sob a cabeça, olhando para cima, para o céu, com um sorriso de satisfação, balançando um pouco a perna esquerda, dobrada sobre o joelho direito. Não notou minha aproximação. A alguns passos dele, Evlâmpia caminhava lentamente pelo gramado de olhos baixos; parecia estar procurando alguma coisa na grama, cogumelos, ou algo assim, e às vezes se inclinava, estendia a mão e cantarolava baixinho. Parei imediatamente e pus-me a escutar. No começo não pude compreender o que ela estava cantando, mas depois reconheci estes versos famosos de uma velha canção:

Tu encontrarás, encontrarás, nuvem ameaçadora
Tu matarás, tu matarás o sogro
Tu esmagarás, tu esmagarás a sogra
E a jovem noiva eu mesmo matarei!

Evlâmpia cantava cada vez mais alto; sustentou longamente sobretudo a última palavra. Sliótkin ria, deitado de costas, enquanto ela permanecia como que girando em volta dele.

— Veja só! — proferiu ele afinal. — O que foi que lhe deu na telha?

— Mas o quê? — perguntou Evlâmpia.

Sliótkin soergueu um pouco a cabeça.

— O quê? De que está falando?

— Você sabe, Volódia,[48] não se pode tirar as palavras de uma canção — respondeu Evlâmpia e me viu ao se virar. Nós dois gritamos ao mesmo tempo e corremos em direções diferentes.

Fugi do bosque às pressas e, cruzando uma clareira estreita, achei-me em frente ao jardim de Kharlov.

XX

Eu não tinha tempo e nem por que pensar sobre o que havia visto. Apenas vinha-me à memória a expressão "feitiço de amor", que havia conhecido há pouco e cujo significado muito me admirava. Caminhei ao longo da cerca do jardim e, em alguns momentos, por trás dos choupos prateados (eles ainda não haviam perdido uma única folha e cresciam e brilhavam magnificamente) avistei o quintal e as casas de Martin Petróvitch. Toda a propriedade parecia-me limpa e arrumada; por toda parte notavam-se sinais de uma inspeção contínua e rigorosa. Anna Martínovna surgiu no terraço de entrada e, apertando os olhos azuis pálidos, lançou um olhar demorado na direção do bosque.

[48] Diminutivo de Vladímir. (N. da T.)

— Viu o senhor? — perguntou ela a um mujique que ia passando pelo quintal.

— Vladímir Vassílitch?[49] — perguntou este tirando o gorro da cabeça. — Pelo visto ele foi para o bosque.

— Que foi para o bosque eu sei. Ele não voltou? Não o viu?

— Não vi... não mesmo.

O mujique permaneceu em pé com a cabeça descoberta diante de Anna Martínovna.

— Bem, vá — disse ela. — Ou não... espere... Martin Petróvitch onde está? Sabe?

— Oh, Martin Petróvitch — respondeu o mujique com uma voz melodiosa, erguendo alternadamente a mão direita, depois a esquerda, como que mostrando algum lugar — está sentado bem ali na represa com a vara de pescar. Está sentado no junco com a vara de pescar. Se pegou algum peixe, só Deus sabe.

— Está bem... Vá — repetiu Anna Martínovna —, e aperte a roda, veja, está solta.

O mujique correu para cumprir sua ordem, enquanto ela permaneceu mais alguns minutos no terraço de entrada, sempre olhando na direção do bosque. Em seguida fez um gesto discreto e ameaçador com a mão e voltou para casa devagar.

— Aksiútka![50] — ressoou sua voz imperiosa atrás da porta.

Anna Martínovna parecia irritada e apertava os lábios finos com uma força singular. Estava vestida com desmazelo e uma mecha solta de sua trança caía-lhe no ombro. Apesar do descuido de suas roupas e de sua irritação, ela ainda me

---

[49] Corruptela do patronímico Vassílievitch. (N. da T.)

[50] Diminutivo de Aksínia. (N. da T.)

O rei Lear da estepe

parecia atraente, e com muito gosto teria beijado sua mão fina, mas também perversa, que jogou com enfado umas duas vezes aquela mecha solta para trás.

XXI

"Será que Martin Petróvitch de fato se tornou um pescador?", perguntei a mim mesmo, dirigindo-me à represa que se achava naquele lado do jardim. Subi até a represa, olhei para lá e para cá... Não vi Martin Petróvitch em lugar nenhum. Caminhei ao longo de uma das margens e, por fim, quase no topo, junto a uma pequena baía e em meio a caules finos e partidos de juncos desbotados, avistei uma enorme massa cinzenta... Olhei bem: era Kharlov. Sem o gorro, desgrenhado, num caftã de linho com costuras frouxas, ele estava sentado imóvel sobre a terra nua com as pernas cruzadas; e estava tão imóvel que, com a minha aproximação, um maçarico saiu correndo da lama seca a uns dois passos dele e alçou voo batendo as asas e assobiando sobre a superfície da água. Parecia que há muito tempo nada se movia ao seu redor a ponto de o assustar. Toda a figura de Kharlov era tão descomunal que minha cadela firmou-se bem, meteu o rabo entre as pernas e rosnou logo que o viu. Ele virou a cabeça um pouquinho e fixou seus olhos selvagens em mim e em minha cadela. A barba mudara-o muito; embora curta, era espessa, crespa, em redemoinhos brancos semelhantes a uma *smuchka*.[51] Em sua mão direita estava a ponta da vara, enquanto a outra ponta balançava frouxamente na água. Senti uma pontada involuntária no coração; no entanto, tomei

[51] Espécie de pele de cordeiro, proveniente da raça de mesmo nome. (N. da T.)

coragem, fui até ele e o cumprimentei. Ele piscou lentamente, como se estivesse meio dormindo, meio acordado.

— O que é isso, Martin Petróvitch — comecei eu —, está pegando peixe aqui?

— Sim... peixe — respondeu ele com uma voz rouca e puxou para cima a vara, em cuja ponta pendia um pedaço de linha de um *archin* e nenhum anzol.

— Sua linha está rompida — notei eu e no mesmo instante vi que perto de Martin Petróvitch não havia isca nem minhocas... E o que se poderia pescar em setembro?!

— Rompida? — proferiu ele e passou a mão pelo rosto. — Mas dá tudo na mesma!

Ele tornou a lançar a vara.

— O filhinho de Natália Nikoláievna? — perguntou-me ele, passados uns dois minutos, ao longo dos quais o examinei não sem um espanto secreto. Embora tivesse emagrecido muito, ainda parecia um gigante; mas que farrapos vestia e como estava desleixado!

— Exatamente — respondi eu —, sou o filho de Natália Nikoláievna B.

— Ela está bem?

— Mamãe está bem. Ela ficou muito triste com sua recusa — acrescentei —, não esperava que o senhor não quisesse vê-la.

Martin Petróvitch ficou cabisbaixo.

— E você esteve... lá? — perguntou ele balançando a cabeça para o lado.

— Onde?

— Lá... na casa. Não esteve? Vá. O que faz aqui? Vá. Não há nada para conversar comigo. Não gosto.

Ele se calou.

— Você está sempre brincando com a espingarda! Nos idos anos da juventude, eu corria por esse caminho. Só que meu pai me... Mas eu o respeitava, e como! Não era como

O rei Lear da estepe

nos dias de hoje. Meu pai me açoitou com um chicote — e isso foi o bastante! Parei de brincar! Porque eu o respeitava... Eh!... Sim...

Kharlov tornou a se calar.

— Mas você não fique aqui — recomeçou ele. — Dê uma passada na casa. Agora lá a propriedade vai às mil maravilhas. Volodka... — ele então hesitou por um momento. — Tenho Volodka para cuidar de tudo. É um rapagão! Mas é também muito esperto!

Eu não sabia o que dizer; Martin Petróvitch falava muito tranquilamente.

— Vá ver as filhas. Você deve lembrar-se de que eu tinha filhas. Elas também são senhoras... astutas. Mas estou ficando velho, meu caro; me afastei. Hora de descansar, sabe...

"Belo descanso!", pensei eu olhando ao redor. — Martin Petróvitch! — disse em voz alta. — O senhor realmente precisa vir à nossa casa.

Kharlov olhou para mim.

— Vá, meu caro, vá embora; é isso.

— Não deixe a mamãe triste, venha.

— Vá, meu caro, vá — repetiu Kharlov. — O que você tem para falar comigo?

— Se o senhor não tem equipagem, mamãe envia-lhe a sua.

— Vá!

— De verdade, Martin Petróvitch!

Kharlov tornou a ficar cabisbaixo, e me pareceu que suas faces escuras, como que cobertas de terra, ficaram um pouco ruborizadas.

— De verdade, venha — continuei eu. — Por que o senhor fica aqui sentado, se torturando?

— Como assim, se torturando — proferiu ele pausadamente.

— Sim, isso mesmo, torturando — repeti eu.

Kharlov se calou, como se mergulhasse em pensamentos.

Encorajado por esse silêncio, decidi ser sincero, agir com franqueza, sem rodeios. (Não se esqueçam de que eu tinha apenas quinze anos de idade.)

— Martin Petróvitch! — comecei, sentando-me ao seu lado. — Pois eu sei de tudo, decididamente de tudo! Sei como seu genro trata o senhor, com o consentimento de suas filhas, é claro. E agora o senhor está nessa situação... Mas por que então desanimar?

Kharlov ficou em silêncio e apenas largou a vara de pescar, enquanto eu, que sábio, que filósofo me senti!

— É claro — pus-me a falar novamente — que o senhor agiu com imprudência ao deixar tudo para suas filhas. Foi muita generosidade de sua parte, e eu não vou culpá-lo. Em nosso tempo é uma característica muito rara! Mas se suas filhas são tão ingratas, então o senhor deve expressar o seu desprezo... isso mesmo, desprezo... e não lamentar.

— Basta! — sussurrou Kharlov de repente com um ranger de dentes, e seus olhos fixos na represa brilhavam de raiva... — Fora!

— Mas, Martin Petróvitch...

— Vá embora, estou dizendo... senão eu mato.

Eu tinha me aproximado muito dele; mas com essas últimas palavras instintivamente me levantei de um pulo.

— O que foi que o senhor disse, Martin Petróvitch?

— Mato, eu lhe disse: vá embora! — com um gemido selvagem, a voz irrompeu do peito de Kharlov feito um rugido, mas ele não virou a cabeça e continuou a olhar com fúria para a frente. — Pego e atiro você e todos os seus conselhos tolos na água, e então você vai saber como importunar os velhos, fedelho! — "Ele está louco!", passou-me pela cabeça.

Olhei para ele com mais atenção e fiquei completamente pasmo: Martin Petróvitch estava chorando!!! Lágrima após lágrima rolava de seus cílios pelas faces... enquanto o rosto assumiu uma expressão bastante feroz...

— Vá embora! — gritou ele mais uma vez. — Senão eu te mato, por Deus, para que sirva de exemplo!

Ele sacudiu todo o corpo meio de lado e se arreganhou como um javali; agarrei a espingarda e pus-me a correr. A cadela veio latindo atrás de mim! Ela também estava apavorada.

Voltando para casa, não disse uma palavra a mamãe, é claro, nem fiz alusão ao que vi, mas, ao me encontrar com Suvenir, sabe-se lá por quê, contei-lhe tudo. Esse homem repugnante alegrou-se com meu relato e se pôs a pular e a gargalhar com uma voz tão esganiçada que quase bati nele.

— Ora! Queria ter visto — repetia ele ofegante com a risada — como esse ídolo, o *chueco* Kharlus, enfiado no lodo e ainda sentado sobre ele...

— Vá vê-lo na represa, se está tão curioso.

— Ah, é; e então ele me mata?

Suvenir importunou-me muito e eu me arrependi da minha tagarelice descabida... Jitkov, a quem ele transmitiu meu relato, considerou o caso de outro modo.

— É preciso recorrer à polícia — decidiu ele —, e talvez tenham de enviar um comando militar.

Seu pressentimento acerca do comando militar não se realizou, mas de fato aconteceu algo extraordinário.

XXII

Em meados de outubro, passadas umas três semanas após meu encontro com Martin Petróvitch, achava-me à janela de meu quarto no segundo andar de nossa casa e, sem pensar em nada, olhava triste para o quintal e para a estrada que passava atrás dele. Já fazia cinco dias que o tempo estava ruim; em caça não dava nem para pensar. Tudo o que era vivo estava escondido; até os pardais se calavam, enquanto as gralhas há muito haviam desaparecido. O vento ora uivava abafado, ora assobiava impetuoso; baixo, sem uma faixa sequer de luz, o céu passava de uma cor branca desagradável para o chumbo, uma cor ainda mais funesta — e uma chuva que caía, caía constantemente e sem cessar, de repente ficou mais forte, mais inclinada, e com estrondo derramava-se pelos vidros. As árvores haviam perdido completamente a cor e ficado meio cinza: parecia que já não havia nada para tirar delas, e o vento, vez ou outra, tornava a importuná-las. Havia poças cheias de folhas mortas por toda parte; bolhas grandes, volta e meia inchando e estourando, subiam e deslizavam sobre elas. O lamaçal pela estrada estava intransponível; o frio penetrava no quarto, sob a roupa, bem nos ossos; um tremor involuntário percorria meu corpo — e como era penoso para a alma! Isso mesmo, penoso — e não triste. Parecia que nunca mais no mundo haveria luz, nem sol, nem brilho, nem cor, mas que essa lama e muco permaneceriam para sempre, e o escarro cinzento e a umidade azeda — o vento iria chiar e gemer para sempre! Assim estava eu à janela absorto em tais pensamentos, e me lembro que a escuridão vinha de modo inesperado, uma escuridão azul; o relógio, no entanto, marcava apenas meio-dia. De repente pareceu-me que um urso passara a toda velocidade por nosso quintal, do portão até o terraço de entrada! É verdade que não andava de quatro, mas da maneira como o desenham quando ele se levanta nas patas de trás. Eu não acreditava em meus próprios olhos. Se não havia visto um urso, em todo caso era algo enorme, escuro, escabroso... Não tivera tempo para considerar o que isto poderia ser, pois de repente ouviu-se uma batida violenta lá embaixo. Parecia que alguma coisa completamente inesperada, algo medonho irrompera em nossa casa. Começou um rebuliço, uma correria...

O rei Lear da estepe

Desci rapidamente as escadas e saltei para a sala de jantar...

Na porta da sala de estar estava minha mãe, como que pregada ao chão, encarando-me; atrás dela viam-se alguns rostos de mulher assustados; o mordomo, dois criados e o moleque, boquiaberto de surpresa, se apertavam junto à porta da frente; enquanto no centro da sala de jantar, coberto de lama, desgrenhado, esfarrapado, molhado — tão molhado que um vapor subia à sua volta e a água corria em filetes pelo chão —, ajoelhado, arfando pesadamente e como que definhando, estava aquele mesmo monstro que passara pelo quintal a toda velocidade diante de meus olhos! E quem era esse monstro? Kharlov! Fui para o lado e vi não o seu rosto, mas a cabeça que, com as mãos, ele segurava pelos cabelos grudados de lama. Respirava com dificuldade, convulsivamente; algo ainda borbulhava em seu peito — e em toda essa massa escura e coberta de respingos podia-se distinguir com clareza apenas os minúsculos brancos dos olhos que corriam de modo selvagem. Ele estava horrível! Lembrei-me do alto funcionário que ele outrora calara por causa da comparação com um mastodonte. De fato: tal figura poderia ter sido um animal antediluviano que acabara de escapar de outra criatura mais forte que o tivesse atacado em meio aos eternos pântanos de lodo primordiais.

— Martin Petróvitch! — exclamou mamãe, por fim, e ergueu os braços. — É você mesmo? Senhor, Deus misericordioso!

— Eu... eu... — ouviu-se uma voz entrecortada como se cada som fosse proferido com dor e esforço. — Ah! Sou eu!

— Mas o que aconteceu com você, meu Deus?!

— Natália Nikoláiev... na... eu vim... de casa direto para cá cor... rendo, a pé...

— Por tamanha lama! Mas você nem parece um homem. Levante-se, sente-se, pelo menos... E vocês — dirigiu-se às criadas —, corram depressa atrás de toalhas. Será que não tem alguma roupa seca? — perguntou ela ao mordomo.

Com um movimento dos braços, o mordomo expressou: onde encontrar para um tamanho daquele?...

— Mas, por outro lado, é possível trazer um cobertor — acrescentou ele —, ou uma manta de cavalo nova.

— Sim, mas levante-se, levante-se, Martin Petróvitch, sente-se — repetiu mamãe.

— Expulsaram-me, senhora — gemeu Kharlov de repente, jogando a cabeça para trás e estendendo os braços para a frente. — Expulsaram, Natália Nikoláievna! Minhas próprias filhas, da minha própria casa...

Mamãe ficou estupefata.

— O que você está dizendo? Expulsaram? Que pecado! Que pecado! (Ela se benzeu.) Ao menos levante-se, Martin Petróvitch, tenha a bondade!

Duas criadas entraram com toalhas e pararam diante de Kharlov. Era evidente que elas não tinham a menor ideia de por onde começar, tamanha era a sujeira.

— Expulsaram, senhora, expulsaram — tornou a dizer Kharlov enquanto isso. O mordomo voltou com um grande cobertor de lã e também parou atônito. A cabecinha de Suvenir surgiu atrás da porta e desapareceu.

— Martin Petróvitch, levante-se! Sente-se! E conte-me tudo desde o início — ordenou mamãe com tom decidido.

Kharlov soergueu-se... O mordomo quis ajudá-lo, mas apenas sujou as mãos e, sacudindo os dedos, recuou para a porta. Balançando e cambaleando, Kharlov alcançou a cadeira e sentou-se. As criadas se aproximaram dele com as toalhas novamente, mas ele as dispensou com um aceno de mão e recusou o cobertor. No entanto, nem mesmo mamãe continuou a insistir: secar Kharlov, evidentemente, não era possível; contentaram-se em limpar às pressas as suas pegadas no chão.

XXIII

— Como foi que te expulsaram? — perguntou mamãe a Kharlov assim que ele recuperou um pouco o fôlego.

— Senhora! Natália Nikoláievna! — começou ele com uma voz tensa — e novamente surpreendeu-me a agitação aflitiva do branco de seus olhos. — Vou dizer a verdade: sou eu o mais culpado de todos.

— Então é isso; você não quis me escutar naquela época — proferiu mamãe deixando-se cair na poltrona e balançando suavemente um lenço perfumado diante do nariz: Kharlov fedia demais... o pântano da floresta não cheirava tão forte.

— Ah, não foi aí que eu errei, senhora, mas por orgulho. O orgulho foi minha ruína, como o foi para o rei Nabucodonosor. Pensei comigo: não havia o Senhor Deus me dado inteligência e juízo? Se eu assim havia decidido, assim seria... Mas então veio o medo da morte... Fiquei completamente aturdido! Hei de mostrar, disse, minha força e poder afinal! Os recompensarei e eles haverão de sentir até a hora da morte... (Kharlov de repente se agitou todo...) Me puseram para fora de casa como a um cão sarnento! É essa a gratidão deles!

— Mas, de qualquer maneira — recomeçou mamãe...

— Tiraram o moleque Maksim de mim — interrompeu-a Kharlov (seus olhos continuavam correndo, mantinha ambas as mãos juntas sob o queixo e os dedos entrelaçados) —, tomaram a equipagem, cortaram o ordenado, não pagaram o valor combinado — cortaram, na verdade, totalmente — eu fiquei o tempo todo calado, fui suportando tudo! E suportei por causa... oh! Mais uma vez o meu orgulho. Para que meus inimigos cruéis não falassem: olha lá, iriam dizer, o velho tolo agora está arrependido; sim, e você, minha senhora, se lembra de que me preveniu: vai chorar o leite derramado, disse! Mas eu fui suportando... Só que hoje, chego no meu quarto e ele já está ocupado — e a minha caminha jogaram na despensa! Você pode dormir lá; é por piedade que permitimos isso; precisamos do seu quarto para a herdade. E quem foi que me disse isso? Volodka Sliótkin, esse cão imundo, asqueroso...

A voz de Kharlov se entrecortou.

— Mas, e suas filhas? O que elas fizeram? — perguntou mamãe.

— Fui aguentando tudo — Kharlov continuou seu relato —, como me foi amargo, amargo e vergonhoso... Nem veria a luz do dia! Foi por isso, mãezinha, que não quis vir à sua casa, foi por causa dessa mesma desonra e vergonha! Mas eu, minha mãezinha, tentei de tudo: ternura, ameaça, para levá-los à razão, pois bem! Curvei-me... assim mesmo! (Kharlov mostrou como ele se curvou.) E tudo em vão! E tudo o que suportei! Bem, no início, nos primeiros tempos, ocorreram-me tais pensamentos: vou agarrar, pensei, matar, esmagar todos para que a semente não permaneça... Vão ver só! Bem, mas depois me submeti! Acho que é a cruz que me foi enviada; significa que é preciso me preparar para a morte. E de repente hoje, como um cão! E quem foi? Volodka! E a senhora se dignou a perguntar sobre as filhas, mas será que têm vontade própria? São escravas de Volodka! Sim!

Mamãe ficou admirada.

— No caso de Anna ainda posso compreender; ela é a esposa... Mas por que razão a sua segunda...

— A Evlâmpia? É pior do que a Anna! Entregou-se inteira e completamente nas mãos de Volodka. Por esse motivo ela recusou o soldado da senhora. Por ele, por ordem de Volodka. Anna, é evidente, era de se esperar que se ofendesse, e não pode suportar a irmã, mas também se submete! Ele a enfeitiçou, maldito! Embora, para Anna, deva ser agradável pensar, ora, que coisa, Evlâmpia, que sempre foi orgulhosa, veja agora no que se tornou!... Oh... oh, oh! Deus, meu Deus!

Mamãe olhou para mim inquieta. Afastei-me um pouquinho para o lado, por precaução, para que não me expulsassem...

— Eu sinto muito, Martin Petróvitch — começou ela —, que meu antigo pupilo tenha lhe causado tanto desgosto e se revelado uma pessoa tão ruim; mas, de fato, enganei-me com ele... Quem poderia esperar isso dele!

— Senhora — gemeu Kharlov e bateu no próprio peito —, não posso tolerar a ingratidão de minhas filhas! Não posso, senhora! Dei-lhes de tudo, tudo mesmo! Além disso, minha consciência me torturou. Muito... oh! Muito pensei e refleti sentado à represa pescando! "Tomara que você tenha sido útil na vida de alguém!", assim pensei. —"Ajudava os pobres, libertei camponeses, talvez por lhes ter arrancado a vida! De fato, você deve responder por eles perante Deus! Eis quando há de pagar pelas lágrimas deles!" E agora, qual é o destino deles: no meu tempo era um poço profundo, é preciso confessar, mas agora nem o fundo se vê! Carrego todos esses pecados na alma, sacrifiquei minha consciência pelas minhas filhas e o que ganhei com isso foi uma figa! Chutaram-me de casa como um cão!

— Chega de pensar nisso, Martin Petróvitch — observou mamãe.

— E quando esse seu Volodka me disse — continuou Kharlov com vigor renovado —, quando ele me disse que não podia mais viver em meu quartinho, esse mesmo quartinho cujas tábuas ergui com minhas próprias mãos, quando ele me disse isso, sabe Deus o que aconteceu comigo! A cabeça ficou confusa e o coração rasgado por uma faca... Bem, ou matava-o, ou ia embora de casa!... Então corri para sua casa, minha benfeitora, Natália Nikoláievna... E onde haveria de deitar minha cabeça? Mas aí a chuva, a lama... Caí, talvez, umas vinte vezes! E agora... nessa indecência...

Kharlov lançou um olhar para si mesmo e se mexeu na cadeira como que se preparando para levantar.

— Chega disso, chega, Martin Petróvitch! — disse mamãe às pressas. — Que mal há nisso? Só porque sujou o chão? Que importa! Mas então eu quero lhe fazer uma proposta. Ouça! Agora o levarão para um quarto especial, darão roupa de cama limpa — dispa-se, lave-se e então deite-se e durma...

— Mãezinha, Natália Nikoláievna! Não vou dormir! — proferiu Kharlov tristemente. — É como se me martelassem os miolos! Bem em mim, como uma criatura indecente...

— Deite-se e durma — repetiu mamãe com insistência. — E depois lhe daremos um chá para beber... bem, e conversaremos com você. Não desanime, velho amigo! Se da *sua* casa o expulsaram, na *minha* casa você sempre encontrará abrigo... Eu realmente nunca esqueci que você salvou a minha vida.

— Benfeitora! — gemeu Kharlov e cobriu o rosto com as mãos. — Agora *a senhora* me salve!

Esse apelo tocou minha mãe quase até as lágrimas.

— Estou preparada para ajudá-lo com prazer, Martin Petróvitch, em tudo mesmo o que eu puder; mas você deve me prometer que daqui em diante vai me ouvir e afastar qualquer pensamento ruim de você.

Kharlov tirou as mãos do rosto.

— Se for necessário — proferiu ele —, então posso até perdoar!

Mamãe acenou com a cabeça em aprovação.

— É muito prazeroso vê-lo com tal disposição para o espírito cristão e verdadeiro, Martin Petróvitch; mas falaremos disso mais adiante. Por enquanto, ponha-se em ordem e, o principal, durma. Leve Martin Petróvitch para o escritório

O rei Lear da estepe

verde, o aposento do senhor — dirigiu-se mamãe ao mordomo —, e que seja feito no mesmo instante tudo o que ele exigir! Mande secar e limpar sua roupa e peça à roupeira a roupa íntima que precisar, está ouvindo?

— Estou ouvindo — respondeu o mordomo.

— E, assim que ele despertar, mande que o alfaiate lhe tire as medidas; e será preciso fazer-lhe a barba. Não agora, mas depois.

— Estou ouvindo — repetiu o mordomo. — Martin Petróvitch, tenha a bondade. — Kharlov se levantou, olhou para mamãe, quis se aproximar dela, mas parou, fez uma reverência profunda, persignou-se três vezes e foi atrás do mordomo. Esgueirei-me para fora do aposento atrás dele.

XXIV

O mordomo conduziu Kharlov até o escritório verde e correu imediatamente atrás da roupeira, pois não havia roupa de cama. Suvenir, que havia nos encontrado na entrada e saltado conosco para dentro do escritório, com trejeitos e gargalhadas, se pôs sem demora a girar em torno de Kharlov que, com os braços e as pernas um pouco afastados, deteve-se no meio do aposento absorto em pensamentos. Ainda continuava a escorrer água dele.

— O *chueco*! O *chueco* Kharlus! — chiava Suvenir, dobrando-se em dois e com as mãos no quadril. — Grande fundador da célebre linhagem dos Kharlov, olhe para o seu descendente! Que tal ele? Pode reconhecê-lo? Ha-ha-ha! Vossa Alteza, a mãozinha, por gentileza! Por que o senhor está com essas luvas pretas?

Eu quis deter e constranger Suvenir... mas foi em vão!

— Me chama de parasita, sanguessuga! "Não tem", diz, "um teto seu!" E agora, por certo, virou tal parasita, um pecador como eu! Ora, Martin Petróvitch e o patife do Suvenir, então são a mesma coisa! Também viverá de esmolas! Vão pegar a casca do pão velho que o cachorro cheirou e recusou... e dirão, vamos, coma! Ha-ha-ha!

Kharlov permanecia sempre imóvel, cabeça afundada, braços e pernas afastados.

— Martin Petróvitch, nobre de nascimento! — continuou chiando Suvenir. — Os ares de importância que deu a si mesmo, ah, *tfu*, você, você! "Não se aproxime ou vou bater em você!" E quando, por grande inteligência, se pôs a entregar e repartir a sua propriedade, como cacarejou! "Gratidão!", grita, "gratidão!" E a mim, por que ofendeu? Não me recompensou? Talvez o melhor fosse ter ficado ressentido! E quer dizer que eu disse a verdade, que o deixariam com as costas nuas...

— Suvenir! — gritei; mas Suvenir não se calou. Kharlov continuava sem se mexer; só agora ele começava a sentir até que ponto estava todo molhado, e esperava que viessem despi-lo. Mas o mordomo não retornava.

— E ainda um soldado! — recomeçou Suvenir. — No ano de 1812 defendeu a pátria, mostrou sua coragem! Ora, ora, pois bem: arrancar as calças de saqueadores congelados... isso é da nossa conta; mas quando a rapariga nos bate o pé, metemos o coração nas calças...

— Suvenir! — gritei pela segunda vez.

Kharlov olhou de soslaio para Suvenir; até aquele momento ele como que não havia notado sua presença e apenas minha exclamação despertou-lhe a atenção.

— Olha, meu caro — resmungou ele com uma voz surda —, não arranje uma encrenca que vai dar em desgraça.

Suvenir se sacudiu com a risada.

— Oh, como o senhor me assusta, meu venerável amigo! O senhor já é bem temível, palavra! Se ao menos penteasse os cabelinhos, ou então, Deus me livre, depois de seco, não os lavasse mais; terá que cortá-los com uma foice. — Suvenir de repente se exaltou. — E ainda se faz de rogado! Está completamente nu, mas se faz de rogado! Onde está seu teto agora, é melhor o senhor me dizer, o senhor vivia se gabando dele? "Eu tenho um teto" dizia, "já você é um sem-teto!" "O meu teto", dizia, "é hereditário!" (Então Suvenir usou essa palavra!)

— Senhor Bitchkov — proferi —, o que o senhor está fazendo? Pense bem!

Mas ele continuava a tagarelar e sempre pulava e corria para lá e para cá perto do próprio Kharlov... E o mordomo nunca vinha da rouparia!

Eu estava ficando horrorizado. Comecei a observar que Kharlov, que no curso da conversa com minha mãe pouco a pouco se acalmara e até mesmo, pelo visto, por fim se resignara com seu destino, tornava a se irritar: pôs-se a respirar mais rápido, sob suas orelhas ficou de repente como que inchado, os dedos começaram a se remexer, os olhos começaram de novo a correr na máscara escura de seu rosto coberto de respingos...

— Suvenir! Suvenir! — exclamei eu. — Basta, vou contar à mamãe.

Mas Suvenir parecia possuído pelo demônio.

— Sim, sim, venerável! — começou a papaguear de novo. — Eis que agora o senhor e eu nos achamos em tais circunstâncias delicadas! Enquanto suas filhinhas e o seu genro, Vladímir Vassílievitch, zombam do senhor à vontade sob o *seu teto*! Se ao menos o senhor as amaldiçoasse, conforme prometeu! Mas nem para isso o senhor tem coragem! E como então haveria de competir com Vladímir Vassílievitch? Ainda o chamava de Volodka! Como o Volodka é para o senhor? Ele é Vladímir Vassílievitch, o senhor Sliótkin, o proprietário de terras, um senhor, e você, quem é?

Um rugido furioso abafou o discurso de Suvenir... Kharlov explodiu. Cerrou e ergueu os punhos, o rosto se tornou azul, a baba se punha à mostra nos lábios rachados, e ele se pôs a tremer de raiva.

— Você fala em teto! — ressoou com sua voz de ferro. — Você fala em maldição! Não! Eu não os amaldiçoarei... Isso não lhes fará mal algum! Mas o teto... o teto deles eu vou pôr abaixo, e eles não terão mais teto, assim como eu! Hão de saber no que dá escarnecer de mim!... Não terão mais um teto!

Fiquei estupefato; nunca havia sido testemunha de uma ira tão desmedida. Não era um homem, mas um animal selvagem que se debatia diante de mim! Fiquei estupefato... e Suvenir, esse tremia de medo embaixo da mesa.

— Não terão! — gritou Kharlov pela última vez e, por pouco não chutando a roupeira e o mordomo que entravam, lançou-se para fora da casa... Cruzou o pátio aos trambolhões e desapareceu atrás dos portões.

XXV

Mamãe ficou terrivelmente zangada quando o mordomo chegou com ar embaraçado para comunicar a nova e inesperada ausência de Martin Petróvitch. Ele não se atreveu a encobrir a causa dessa ausência; fui coagido a confirmar suas palavras.

— Então foi você que fez isso! — gritou mamãe com Suvenir, que correu para a frente como uma lebre e até fez menção de beijar sua mão. — A culpa de tudo é dessa sua língua vil!

— Perdão, eu *agoga*, *agoga*... — pôs-se a balbuciar Suvenir, gaguejando e cruzando os cotovelos atrás das costas.

— *Agoga... agoga...* Conheço esse seu *agoga*! — repetiu mamãe com reprovação, e o pôs para fora. Depois ela tocou o sino, mandou chamar Kvitsínski e deu-lhe a ordem: partir imediatamente com uma equipagem para Ieskôvo, encontrar Martin Petróvitch e trazê-lo de volta a qualquer custo. — Não apareça sem ele! — concluiu ela. O sombrio polonês inclinou a cabeça em silêncio e saiu.

Voltei para o meu quarto, tornei a me instalar à janela e me lembro de que refleti por muito tempo sobre o que acontecera diante de meus olhos. Estava perplexo, não podia compreender de maneira alguma por que Kharlov, que suportara quase sem se queixar a ofensa feita a ele por seus parentes, não pudera se conter e suportar a zombaria e as alfinetadas de uma criatura tão insignificante como Suvenir. Eu ainda não sabia que um ressentimento tão insuportável pode por vezes ser provocado por uma recriminação vazia, mesmo quando provém de lábios desprezíveis... O odioso nome de Sliótkin, pronunciado por Suvenir, lançou faíscas na pólvora; a ferida não resistiu a essa última agulhada.

Passou-se cerca de uma hora. Nossa carruagem adentrou o pátio, mas nosso administrador estava sozinho nela. E mamãe lhe dissera: "Não apareça *sem ele*!". Kvitsínski saltou às pressas da equipagem e subiu correndo para o terraço de entrada. Seu rosto aparentava um semblante aflito, o que quase nunca acontecia com ele. Desci imediatamente e fui ao seu encalço na sala de estar.

— E então? Trouxe-o? — perguntou mamãe.

— Não trouxe — respondeu Kvitsínski — e não tenho como trazer.

— Por que isso? O senhor o viu?

— Vi.

— O que aconteceu com ele? Um choque?

— De modo algum; não aconteceu nada.

— Então por que o senhor não o trouxe?

— Porque ele está pondo a casa abaixo.

— Como?

— Está no telhado do anexo novo, pondo-o abaixo. Quarenta, acredito eu, ou mais tábuas já saíram voando; umas cinco grades também. ("Eles não terão mais teto!", lembrei-me das palavras de Kharlov.)

Mamãe estava com os olhos fixos em Kvitsínski.

— Sozinho... em cima do telhado e pondo o telhado abaixo?

— Exatamente, senhora. Anda pelo revestimento do sótão e destrói a torto e a direito. A força que ele tem, a senhora bem sabe, é sobre-humana! Bem, e o telhado, é preciso dizer a verdade, é precário; feito escalonado, ripas afastadas, pregos pequenos.[52]

Mamãe olhou para mim como se quisesse se certificar de que não tinha ouvido mal.

— Ripas escalonadas — repetiu ela, claramente sem compreender o significado de qualquer uma daquelas palavras...

— Bem, mas então o que o senhor vai fazer? — disse ela afinal.

— Vim atrás de instruções. Sem gente não se pode fazer nada. Os camponeses de lá se esconderam todos de medo.

— Mas e as filhas? O que fizeram?

— As filhas, nada. Correm a esmo... se lamentam... de que adianta?

— E Sliótkin está lá?

— Também está lá. Berra mais que todos, mas não pode fazer nada.

— E Martin Petróvitch está em cima do telhado?

— No telhado... quer dizer, no sótão, e pondo o telhado abaixo.

---

[52] O telhado era construído no método "escalonado" quando a cada duas tábuas deixava-se um espaço vazio que seria fechado por outra tábua por cima; um sistema mais barato, mas menos durável. (N. da T.)

— Sim, sim — disse mamãe — ripas...

Evidentemente, o caso que tinha pela frente era extraordinário.

Que medidas poderia tomar? Chamar o *isprávnik* na cidade, reunir os camponeses? Mamãe estava completamente perdida.

Jitkov, que havia chegado para o jantar, também estava perdido. É verdade que ele tornou a fazer menção ao comando militar, no entanto, não ofereceu nenhum conselho, limitou-se a olhar de modo submisso e dedicado. Kvitsínski, vendo que ninguém lhe daria uma instrução, pediu a mamãe — com a deferência desdenhosa que lhe era habitual — permissão para pegar alguns cavalariços, jardineiros e outros criados, então ele tentaria...

— Sim, sim — interrompeu-o mamãe —, tente, meu caro Vikenti Ossípitch! Mas faça o mais rápido possível, por favor, e eu assumirei toda a responsabilidade!

Kvitsínski sorriu friamente.

— Há uma coisa que quero deixar claro de antemão, minha senhora: que é impossível garantir que dará resultado, visto que a força do senhor Kharlov é grande e o desespero também; e se sente muito insultado!

— Sim, sim — consentiu mamãe —, e é tudo culpa desse vil Suvenir! Nunca o perdoarei por isso! Vá, pegue a gente, parta, Vikenti Ossípitch!

— Você, senhor administrador, leve muita corda e ganchos de incêndio — proferiu Jitkov com voz de baixo —, e se tiver uma rede, não seria nada mal pegá-la também. Certa vez tivemos em nosso regimento...

— Não queira ensinar-me, caro senhor — interrompeu Kvitsínski com enfado —, o senhor não precisa me dizer o que é necessário.

Jitkov se ofendeu, disse que esperava que o chamassem também...

— Não, não! — interveio mamãe. — É melhor você ficar... Deixe que Vikenti Ossípitch aja sozinho... Vá, Vikenti Ossípitch!

Jitkov ofendeu-se ainda mais, enquanto Kvitsínski curvou-se e saiu.

Corri para o estábulo, selei meu cavalo às pressas e parti a galope pela estrada para Ieskôvo.

XXVI

A chuva havia cessado, mas o vento soprava com força redobrada — vinha direto ao meu encontro. No meio do caminho, a sela quase virou embaixo de mim, a cilha estava frouxa; apeei e comecei a puxar as tiras de couro com os dentes... De repente ouvi alguém me chamando pelo nome... Suvenir correu até mim pelos campos verdes.

— O que, irmãozinho — gritou ele ainda de longe. — A curiosidade venceu? Mas é impossível... Pois eu já estive lá, bem no rastro de Kharlov... De fato, você vai morrer e não verá uma coisa assim!

— O senhor quer admirar sua obra — proferi com indignação, pulei no cavalo e parti novamente a galope; mas o incansável Suvenir não se desprendeu de mim e até mesmo gargalhou e fez caretas enquanto corria. Eis, afinal, Ieskôvo; eis a represa, e a cerca comprida, e os salgueiros da propriedade... Aproximei-me dos portões, apeei, amarrei o cavalo e parei espantado.

Do terço frontal do telhado do novo anexo, do mezanino, restava apenas a armação; tábuas e telhas achavam-se no chão em pilhas desarrumadas de ambos os lados da casa. Suponhamos que o telhado fosse, segundo as palavras de Kvitsínski, precário; mas ainda assim era algo incrível! Pelo revestimento do sótão, num turbilhão de poeira e lixo, uma massa cinza-escura moveu-se de modo ágil e desajeitado, e então sacudiu o que restava de uma chaminé feita de tijolos (a outra já havia sido derrubada); aquilo arrancou a tábua e atirou-a para baixo, depois se agarrou às próprias vigas. Aquilo era Kharlov. Um verdadeiro urso, foi o que ele também me pareceu naquele momento: a cabeça, as costas, os ombros eram de urso, e ele mantinha as pernas bastante afastadas sem dobrar os tornozelos, também como um urso. O vento frio soprava sobre ele de todos os lados levantando seus cabelos emaranhados; foi horrível ver através dos rasgos em suas roupas esfarrapadas como seu corpo nu se avermelhava em alguns lugares; foi horrível ouvir seu murmúrio rouco e selvagem. O pátio estava lotado de gente; mulheres, meninos e moças da criadagem encolhiam-se ao longo do cercado; alguns camponeses amontoavam-se num grupo separado, um pouco mais distante. O velho pope, meu conhecido, estava sem chapéu no terraço de entrada da outra casa e, agarrando a cruz de bronze com as duas mãos, em silêncio e sem esperança, de tempos em tempos a levantava e parecia mostrá-la para Kharlov. Ao lado do pope estava Evlâmpia que, com as costas contra a parede, olhava imóvel para o pai; Anna ora colocava a cabeça para fora da janela, ora desaparecia, ora saltava para o pátio, ora voltava para casa; Sliótkin, amarelo, muito pálido, num roupão velho, de solidéu, com uma espingarda de um cano nas mãos, corria de um lugar para o outro a passos curtos. Ele estava, como diziam, completamente "ajudeuzado"; ofegava, ameaçava, tremia, fazia pontaria em Kharlov, depois apoiava a espingarda nos ombros, tornava a fazer pontaria, gritava, chorava... Ao me ver com Suvenir, precipitou-se para nós.

— Olhem, olhem o que está acontecendo aqui! — pôs-se a gritar com voz esganiçada. — Olhem! Ele perdeu a cabeça, ficou furioso... e eis o que está fazendo! Eu já mandei chamar a polícia, mas ninguém vem! Ninguém vem! Se eu der mesmo um tiro nele, a lei não pode me punir, pois toda pessoa tem o direito de defender o que é seu! E eu vou atirar!... Por Deus, vou atirar!

Ele escapuliu para a casa.

— Martin Petróvitch, tenha cuidado! Se o senhor não descer eu vou atirar!

— Atire! — veio uma voz rouca do telhado. — Atire! Enquanto isso, um presente para você!

Uma placa comprida voou do alto e, girando umas duas vezes no ar, caiu por terra aos pés do próprio Sliótkin. Este deu um pulo, enquanto Kharlov gargalhava.

— Jesus Cristo! — balbuciou alguém às minhas costas. Olhei para trás: era Suvenir. "Ah!", pensei, "Agora deixou de rir!"

Sliótkin agarrou um mujique que estava próximo pelo colarinho.

— Suba agora, suba logo, subam, demônios — bradou ele, sacudindo-o com toda a sua força —, salvem a minha propriedade!

O mujique deu uns dois passos, jogou a cabeça para trás, agitou as mãos e gritou:

— Ei! Meu senhor! — andou no mesmo lugar e se virou para trás.

— A escada! Tragam a escada! — dirigiu-se Sliótkin aos outros camponeses.

— E onde vamos pegá-la? — ouviu-se em resposta.

— E mesmo que tivesse escada — proferiu uma voz sem pressa —, quem ia querer subir? Encontrem os tolos! Ele lhes torceria o pescoço num piscar de olhos!

— Mataria agora — disse um jovem rapaz louro de rosto apalermado.

— Sim, e por que não? — apoiaram os demais. Pareceu-me que mesmo que não houvesse perigo evidente, os mujiques ainda relutariam em cumprir as ordens de seu novo senhor. Quase aprovavam Kharlov, embora sua atitude tivesse surpreendido todos.

— Ah, vocês, ladrões! — gemeu Sliótkin. — Mas eu pego todos vocês...

Mas, nisso, com um forte estrondo, tombou a última chaminé e, em meio a uma nuvem de poeira amarela que se levantara imediatamente, Kharlov, emitindo um grito alto e estridente e erguendo as mãos sangrentas, virou-se para nos encarar. Sliótkin tornou a mirar nele.

Evlâmpia puxou-lhe o cotovelo.

— Não atrapalhe! — virou-se ele ferozmente para ela.

— E você não se atreva! — proferiu ela, e seus olhos azuis brilhavam ameaçadoramente debaixo das sobrancelhas repuxadas. — Meu pai está pondo sua própria casa abaixo. O bem é dele.

— Mentira: é nosso!

— Você diz: é nosso; mas eu digo: é dele.

Sliótkin chiou de raiva; Evlâmpia cravou os olhos em seu rosto.

— Oh, faz bem! Faz bem, filha querida! — trovejou Kharlov do alto. — Faz bem, Evlâmpia Martínovna! Como vai a vida com o seu amigo? É bom beijar, acariciar?

— Pai! — ouviu-se a voz sonora de Evlâmpia.

— O quê, filhinha? — respondeu Kharlov, e foi para a beira da parede. Em seu rosto, do pouco que eu podia ver, surgia um sorriso estranho, brilhante, alegre, e por isso mesmo particularmente terrível, um sorriso mau... Muitos anos depois, eu vi exatamente o mesmo sorriso no rosto de um condenado à morte.

— Pare com isso, pai; desça. (Evlâmpia não lhe disse "paizinho".) Nós somos os culpados; nós lhe devolveremos tudo. Desça.

— Você está dispondo de tudo que é nosso? — interveio Sliótkin. Evlâmpia apenas franziu o cenho ainda mais.

— Eu lhe devolverei a minha parte, darei tudo. Pare com isso, desça, pai! Perdoe-nos; perdoe-me.

Kharlov ainda continuou rindo.

— Tarde demais, meu bem — começou ele a dizer, e cada uma de suas palavras ressoava como bronze. — Seu coração de pedra se comoveu tarde demais! Rolou ladeira abaixo, agora não pode detê-lo! E não olhe para mim agora! Sou um homem perdido! É melhor olhar para o seu Volodka; veja que beldade você encontrou! E olhe para a víbora da sua irmã; mostra lá seu nariz de raposa para fora da janela; dá uma espiada no seu maridinho! Não, senhores! Vocês quiseram roubar meu teto, pois eu não lhes deixarei pedra sobre pedra! Ergui com minhas mãos; e é com minhas mãos que derrubarei, com essas mãos apenas! Vejam que nem machado eu peguei!

Ele soprou nas palmas das mãos e tornou a agarrar-se às vigas.

— Basta, pai — disse Evlâmpia enquanto isso, e sua voz de algum modo se tornara como que maravilhosamente afetuosa —, deixe o que passou para trás. Pode acreditar em mim; você sempre acreditou em mim. Vamos, desça; venha para o meu quartinho, para a minha cama macia. Vou secá-lo e aquecê-lo; farei curativos em suas feridas, veja, suas mãos estão esfoladas. Você viverá comigo, como no seio de Cristo, haverá de comer com gosto e dormir com mais gosto ainda. Sim, a culpa é nossa! Sim, fomos esnobes, pecamos; mas, perdão!

Kharlov balançou a cabeça.

— Pode falar! Eu, acreditar em vocês, isso não pode ser! Vocês mataram a fé que havia em mim! Mataram tudo! Eu era uma águia, e tornei-me uma minhoca para vocês... e vocês, vão esmagar a minhoca? Basta! Eu te amei, você sabe; mas agora você já não é mais minha filha, e eu não sou teu pai... Sou um homem perdido! Não atrapalhe! E você, va-

O rei Lear da estepe

mos, atire, covarde, herói *bogatir*! — vociferou Kharlov de repente para Sliótkin. — Por que só faz pontaria? Se lembrou da lei: se o destinatário de um presente comete um atentado contra a vida do doador — disse Kharlov pausadamente — então o doador tem o poder de reivindicar tudo de volta? Ha, ha, não tenha medo, legalista! Não reivindicarei; eu mesmo vou dar fim em tudo... Vamos!

— Pai! — suplicou Evlâmpia pela última vez.

— Cale-se!

— Martin Petróvitch! Irmão, tente perdoar, seja magnânimo! — balbuciou Suvenir.

— Pai, querido!

— Cale-se, cadela! — gritou Kharlov. Para Suvenir ele nem olhou, apenas cuspiu em sua direção.

XXVII

Neste momento, Kvitsínski, com toda a sua comitiva — três telegas —, apareceu nos portões. Os cavalos bufavam cansados, os homens saltaram, um após outro, na lama.

— Arre! — gritou Kharlov a plenos pulmões. — O exército... ei-lo, o exército! Apresentam todo um exército contra mim. Muito bem! Apenas previno a quem vier me visitar aqui no telhado que eu vou jogá-lo para baixo de pernas para o ar! Sou um anfitrião severo, não gosto de visitas em má hora! É isso mesmo!

Ele se agarrou com ambas as mãos ao par de vigas da entrada, àquelas chamadas "pernas" do frontão, e começou a sacudi-las com força. Pendendo sobre a borda do revestimento, ele como que as arrastou para trás de si, cantarolando como um *burlák*:[53] "Mais uma vezinha! Mais uma vez! Oh!".

---

[53] Na Rússia antiga, trabalhadores que puxavam barcos contra a

Sliótkin correu até Kvitsínski e começou a se queixar e a choramingar... Aquele pediu-lhe para "não atrapalhar" e pôs-se a executar o plano que havia concebido. Postou-se na frente da casa e começou, por diversão, a explicar a Kharlov que ele havia empreendido um negócio que não era nobre...

— Só mais uma vezinha! Só mais uma vez! — cantarolava Kharlov.

... que Natália Nikoláievna estava muito insatisfeita com seu proceder e que não esperava isso dele...

— Só mais uma vezinha! Só mais uma vez! Oh! — cantarolava Kharlov.

Enquanto isso, Kvitsínski despachou os quatro cavalariços mais ousados e robustos para o lado oposto da casa para escalarem a parte traseira do telhado. No entanto, esse plano de ataque não escapou a Kharlov; de repente ele largou as vigas e correu rapidamente para a parte de trás do mezanino. Seu semblante era tão terrível que dois cavalariços que já haviam conseguido subir até o sótão tornaram a descer imediatamente para o chão pelo cano de esgoto, para grande prazer e até riso dos meninos da criadagem. Kharlov brandiu o punho para eles e, voltando para a parte da frente da casa, tornou a agarrar as vigas e pôs-se a sacudi-las, de novo cantando como um *burlák*.

De repente, parou e olhou...

— Maksimka, meu amigo! Companheiro! — exclamou. — É você que estou vendo?

Olhei ao redor... De fato, era o moleque Maksimka que se separava da multidão de camponeses e, sorrindo e mostrando os dentes, vinha para a frente. Seu patrão, o seleiro, provavelmente havia lhe deixado passar uns dias em casa.

---

correnteza, em grupos e sem nenhum outro tipo de equipamento além de cordas. (N. da T.)

— Suba aqui, Maksimka, meu fiel servidor — continuou Kharlov —, juntos vamos nos livrar do cruel povo tártaro, dos bandoleiros lituanos!

Maksimka, continuando sempre a sorrir, começou rapidamente a subir no telhado... Mas o agarraram e o arrastaram — sabe lá Deus por quê —, talvez para servir de exemplo aos outros; ele não teria sido de grande ajuda para Martin Petróvitch.

— Bom, tudo bem! Muito bem! — proferiu Kharlov com voz ameaçadora e tornou a pegar as vigas.

— Vikenti Ossípovitch! Permita que eu atire — virou-se Sliótkin para Kvitsínski —, é mais para assustá-lo, minha espingarda está carregada com bala de festim. — Mas, antes que Kvitsínski pudesse responder, o par de vigas dianteiro, que fora furiosamente sacudido pelas mãos de ferro de Kharlov, se inclinou, pôs-se a estalar e desabou no pátio e, junto com ele, não sendo capaz de resistir, desabou o próprio Kharlov, que caiu pesadamente por terra. Todos estremeceram e ficaram estupefatos... Kharlov jazia imóvel de bruços, enquanto a barra principal e superior do teto, que caíra atrás do frontão que desabara, se apoiava em suas costas.

XXVIII

Correram até Kharlov, rolaram a barra de cima dele e viraram-no de costas; seu rosto estava sem vida, havia sangue em sua boca, ele não respirava. "O espírito saiu dele", murmuraram os mujiques que se aproximavam. Correram para buscar água no poço, trouxeram um balde cheio, encharcaram a cabeça de Kharlov; o pó e a sujeira desapareceram de seu rosto, mas a aparência sem vida permaneceu a mesma. Arrastaram um banco, colocaram-no junto ao anexo novo e, erguendo o enorme corpo de Martin Petróvitch com dificuldade, puseram-no sentado com a cabeça apoiada na parede. O moleque Maksimka se aproximou, apoiou-se num joelho só, mantendo a outra perna bem esticada, e, de maneira um tanto teatral, segurou a mão de seu antigo senhor. Evlâmpia, pálida como a própria morte, permaneceu bem em frente ao pai, imóvel, olhando para ele com seus olhos enormes. Anna e Sliótkin não chegaram perto. Todos estavam em silêncio, todos esperavam por algo. Por fim, ouviu-se um som entrecortado e lamuriante vindo da garganta de Kharlov, como se estivesse engasgado... Depois ele moveu debilmente um braço — o direito (Maksimka sustentava o esquerdo), abriu o olho direito, suspirou como se estivesse embriagado de uma bebedeira terrível e, lançando lentamente um olhar ao redor de si, balbuciou:

— Que... brado... — e, como se refletisse um pouco, acrescentou: — Ei-lo, o po... tro mur... zelo! — de repente o sangue jorrou espesso de sua boca; todo o corpo se pôs a tremer...

"É o fim!", pensei... Mas Kharlov ainda abriu todo o olho direito (a pálpebra esquerda não se movia, como a de um cadáver) e, fixando o olhar em Evlâmpia, proferiu quase de forma inaudível: — Bem, fi... lha... Eu não te des... — Kvitsínski, com um movimento de mão rápido, acenou para o pope, que permanecera sempre de pé no terraço de entrada da casa... O velho se aproximou, tropeçando com os joelhos fracos na batina estreita. Mas de repente as pernas de Kharlov, e também o abdômen, moveram-se de maneira horrível; uma contração irregular perpassou-lhe o rosto — do mesmo modo como tremia e contorcia-se o rosto de Evlâmpia. Maksimka começou a persignar-se... Eu estava apavorado, corri até o portão e, sem olhar para trás, apertei o peito contra ele. Um minuto depois, algo zuniu baixo por todas as bocas atrás de mim — e eu entendi que Martin Petróvitch não mais existia.

A barra havia quebrado seu pescoço e o peito se partira, como foi revelado pela autópsia.

XXIX

"O que ele queria dizer a ela, ao morrer?", perguntava a mim mesmo, ao voltar para casa em meu *klepper*: "Eu não te des... erdo" ou "não te des... culpo?". A chuva tornava a cair, mas eu ia a passo. Queria ficar mais um pouco sozinho, queria entregar-me profundamente às minhas reflexões. Suvenir partiu em uma das telegas que vieram com Kvitsínski. Por mais jovem e leviano que eu fosse na época, a repentina mudança geral (não apenas de alguns detalhes), esperada ou inesperada (tanto faz!), que o advento da morte invariavelmente provoca em todos os corações, a sua solenidade, importância e veracidade, não podiam deixar de me impressionar. E fiquei mesmo impressionado... Mas, com tudo isso, meu olhar infantil e conturbado imediatamente notou muita coisa: ele notou como Sliótkin, rápida e timidamente, como se fosse uma coisa roubada, jogou sua espingarda de lado, como sua esposa e ele no mesmo instante se tornaram objeto da repulsa de todos, porém silenciosa, como tudo ficou vazio em volta deles... Mas a Evlâmpia, embora fosse culpada, provavelmente não menos do que sua irmã, esse desprezo não se aplicava. Ela até provocou certo pesar quando desabou aos pés do pai moribundo. Mas que ela era culpada, isso ainda era sentido por todos. "Ofenderam o velho", proferiu um camponês de cabeça grisalha, apoiando-se como um juiz antigo com ambas as mãos e a barba numa vara longa, "eles têm o pecado na alma! Ofenderam!" A palavra "ofenderam" imediatamente foi aceita por todos como uma sentença irrevogável. A justiça do povo falava, eu entendi isso sem demora. Também notei que, no início, Sliótkin não se *atreveu* a dar ordens. Sem ele, ergueram o corpo e levaram para dentro da casa; sem lhe perguntar, o sacerdote foi à igreja buscar as coisas necessárias, enquanto o estaroste correu à aldeia para enviar uma carroça à cidade. A própria Anna Martínovna não ousou utilizar seu habitual tom autoritário para ordenar que preparassem o samovar "para que tivesse água quente para lavar o falecido". Suas ordens eram como pedidos — e lhe respondiam de maneira rude...

Passei o tempo todo me perguntando: o que ele realmente quis dizer à sua filha? Será que ele queria desculpá-la ou deserdá-la? Por fim decidi: desculpar.

Três dias depois, o funeral de Martin Petróvitch ocorreu às expensas de mamãe, que ficou muito triste com sua morte e ordenou que não fossem poupados gastos. Ela mesma não foi à igreja — porque não queria, como expressou, ver aquelas duas detestáveis e aquele vil judeuzinho; mas enviou Kvitsínski, eu e Jitkov, a quem naquele tempo ela já não dava grande importância, como se fosse uma mulherzinha! Suvenir ela não queria nem ver, e passou muito tempo ainda zangada com ele, chamando-o de assassino de seu amigo. Ele sentiu muito essa desgraça: andava sempre na ponta dos pés, de um lado para outro, pelo aposento vizinho àquele onde estava mamãe; entregue a certa melancolia inquieta e abjeta, ele estremecia e murmurava: "*Agoga!*".

Na igreja e durante a procissão pareceu-me que Sliótkin tornara a "assumir seu papel". Dava ordens e agitava-se como antes e cuidava com avidez para que não fosse gasto nenhum copeque desnecessário, embora isso não se referisse propriamente ao seu bolso. Maksimka, vestido num *cazaquin*[54] novo, também cedido por mamãe, deu vazão a tais notas de tenor no coro que da sinceridade de sua devoção aos

---

[54] Espécie de caftã curto, largo entre o quadril e a cintura, com gola reta baixa e pequenas dobras na parte de trás da cintura. (N. da T.)

mortos é claro que ninguém poderia duvidar! Ambas as irmãs estavam devidamente enlutadas — mas pareciam mais confusas do que angustiadas, sobretudo Evlâmpia. Anna assumiu um semblante humilde e carola, aliás, não fez nenhum esforço para chorar e apenas ficava o tempo todo passando sua bela mão seca pelo rosto e pelos cabelos. Evlâmpia ficou o tempo todo pensativa. Aquele desprezo geral e irrevogável, a condenação que notei no dia da morte de Kharlov, eu a via também agora no rosto de todas as pessoas presentes na igreja, em todos os seus olhares e gestos — mas de modo ainda mais grave e como que mais indiferente. Parecia que todos sabiam do pecado em que a família Kharlov havia caído — que aquele grande pecado estava agora sob a jurisdição de um único e justo Juiz, e que, portanto, agora eles não tinham mais motivos para se sentirem indignados e incomodados. Eles oravam com fervor pela alma do falecido, de quem, em vida, não tinham lá muito apreço e até temiam. A morte sobreviera abruptamente.

— Se ao menos tivesse bebido, meu irmão — disse um mujique a outro no átrio.

— E não bebia de se embriagar — respondeu o outro. — Essas coisas acontecem.

— Ofenderam — repetiu o primeiro mujique a palavra decisiva.

— Ofenderam — proferiram os outros atrás dele.

— Mas o falecido era de oprimir vocês? — perguntei a um mujique que reconheci como servo de Kharlov.

— Era o senhor, como se sabe — respondeu o mujique —, mas ainda assim... o ofenderam!

— Ofenderam... — tornou a se ouvir na multidão.

Junto ao túmulo, Evlâmpia estava como que perdida. Pensamentos a torturavam... pensamentos duros. Notei que tratou Sliótkin, que se pôs a falar com ela algumas vezes, como se ele fosse Jitkov, ou alguém pior.

Passados alguns dias, em nossa vizinhança se espalhou o rumor de que Evlâmpia Martínovna Kharlova deixara a casa paterna para sempre, entregando para a irmã e o cunhado todos os bens que herdara e levando apenas algumas centenas de rublos...

— Pelo jeito foi Anna que comprou a parte dela! — mamãe observou. — Acontece que eu e você — acrescentou ela se dirigindo a Jitkov, com quem jogava *piquet* (havia substituído Suvenir por ele) — temos mãos desajeitadas!

Jitkov olhou com desânimo para a palma de suas mãos poderosas... "Justo elas, desajeitadas!", parecia pensar ele...

Logo depois mamãe e eu fomos viver em Moscou — e muitos anos se passaram antes que me acontecesse de ver as duas filhas de Martin Petróvitch.

XXX

Mas eu as vi. Encontrei-me com Anna Martínovna da maneira mais trivial. Ao visitar, após a morte de minha mãe, a nossa aldeia, onde não ia há mais de quinze anos, recebi o convite de um mediador (naquele tempo, por toda a Rússia, com lentidão ainda não esquecida, ocorria o processo de reloteamento)[55] para uma reunião com outros proprietários de terras de nossa vizinhança, a ser realizada na propriedade da viúva Anna Sliótkina. Confesso que não me entristeceu nem

---

[55] No início do século XIX, ainda vigorava nas localidades mais interiores da Rússia um sistema de rotatividade dos lotes a serem cultivados, que deviam ser redefinidos a cada três anos; como eram frequentes os conflitos entre senhores de terras vizinhos e até membros de uma mesma família, em 1836 foram estabelecidas, por decreto imperial, comissões para mediar acordos "amigáveis" quanto ao reloteamento. Turguêniev satiriza a situação em sua peça *Desjejum com o soberano* (*Zavtrak u prevoditelia*) de 1848. (N. da T.)

um pouco a notícia de que o "judeuzinho" de mamãe, com seus olhinhos de ameixa seca, já não existia mais neste mundo; mas eu estava curioso para ver sua viúva. Ela tinha fama de ser uma excelente senhora de terras. E de fato: seus bens, sua propriedade e a própria casa (olhei involuntariamente para o telhado, que era de ferro) mostravam-se em perfeita ordem, tudo estava limpo, arrumado, em seu devido lugar — e pintado, como se fosse de uma alemã. Anna Martínovna, é claro, envelhecera; mas aquele encanto particular, seco e como que perverso, que outrora tanto me fascinara, não a abandonara totalmente. Estava vestida de maneira rústica, porém elegante. Ela nos recebeu, não cordialmente — essa palavra não se aplicava a ela —, mas educadamente, e ao ver-me, uma testemunha daquela cena terrível, nem mesmo uma pestana estremeceu. Não fez a menor alusão à minha mãe, nem ao seu pai, nem à irmã, nem mesmo ao marido aludiu, como se tivesse feito um voto de silêncio.

Ela tinha duas filhas, ambas muito bonitas, magras, com um rostinho encantador e uma expressão alegre e afetuosa nos olhos negros; tinha também um filho, um pouco parecido com o pai, mas ainda assim um menino formidável! Durante as discussões entre os proprietários, Anna Martínovna manteve silêncio, com dignidade, sem mostrar qualquer teimosia especial, nem uma cobiça especial. Mas, ao contrário dela, ninguém ali tinha uma percepção real dos próprios interesses, nem era capaz de expor e defender seus direitos de forma mais convincente; todas as leis "cabíveis", até mesmo as circulares ministeriais, ela conhecia bem; falava pouco e com voz calma, mas cada palavra atingia o alvo. O resultado disto foi que todos nós concordamos com suas demandas e fizemos as concessões, o que simplesmente era de se admirar. No caminho de volta, os outros senhores proprietários chegaram a repreender a si mesmos; todos gemiam c balançavam a cabeça.

— Mas que mulher inteligente! — disse um deles.

— Uma tratante esperta! — interrompeu outro senhor, menos delicado. — Boca de mel, coração de fel!

— E como é sovina! — ajuntou um terceiro. — Uma dose de vodca e um pouco de caviar para cada um; mas o que é isso?

— O que se pode esperar dela? — exclamou de repente um proprietário que até então estivera em silêncio. — Quem não sabe que ela envenenou o marido?

Para minha surpresa, ninguém achou que fosse necessário refutar tal acusação terrível e que, provavelmente, não tinha fundamento em nada! Aquilo me deixou muito surpreso, pois, a despeito das expressões injuriosas que citei, todos nutriam respeito por Anna Martínovna, sem excluir o senhor indelicado. O mediador se tornou até eloquente.

— Coloquem-na no trono! — exclamou ele. — Assim como Semíramis[56] ou Catarina, a Grande! A obediência dos camponeses é exemplar... A educação dos filhos, exemplar! Que cabeça! Que cérebro!

Semíramis e Catarina à parte, não havia dúvida de que Anna Martínovna levava uma vida de fato feliz. Um contentamento interior e exterior, uma saúde física e mental, agradável e serena, emanavam dela, de sua família, de toda a sua existência. Até que ponto ela merecia tal felicidade... isso é outra questão. No entanto, essas questões são levantadas apenas na juventude. Tudo no mundo — bom ou mau — é dado às pessoas não por mérito, mas em consequência de algumas leis ainda desconhecidas, porém lógicas, que não cabe a mim apontar, embora às vezes pareça-me senti-las vagamente.

---

[56] Rainha mitológica que teria construído os jardins suspensos da Babilônia. (N. da T.)

XXXI

Indaguei ao mediador sobre Evlâmpia Martínovna e soube que ela desaparecera depois de sair de casa — "certamente, agora já deve ter batido as botas há muito tempo".

Foi o que disse o nosso mediador... mas eu estava convencido de que *veria* Evlâmpia, de que me encontraria com ela. E assim foi.

Quatro anos depois do meu encontro com Anna Martínovna, passei o verão em Múrino, uma pequena aldeia perto de São Petersburgo, bem conhecida dos veranistas de classe média. A caça próxima a Múrino era muito boa naquela época, e eu ia caçar com minha espingarda quase todos os dias. Eu tinha um companheiro, um certo Vikúlov, um pequeno-burguês — bom sujeito e bastante inteligente, mas, como ele se referia a si mesmo, de comportamento completamente "perdido". Esse homem já estivera em todo lugar e tudo ele sabia! Nada podia impressioná-lo, ele conhecia tudo — mas só gostava de caça e de vinho. Um dia, voltando com ele para Múrino, tivemos que passar por uma casa solitária que ficava no cruzamento de duas estradas e cercada por uma paliçada alta e cerrada. Não era a primeira vez que eu via essa casa, e toda vez ela despertava minha curiosidade: havia algo de misterioso nela, algo fechado, sombrio e silencioso, algo que lembrava uma prisão ou um hospital. Da estrada era possível ver apenas o telhado íngreme pintado de vermelho-escuro. Em todo o muro havia apenas um portão, e parecia hermeticamente fechado; nunca se ouvia um som vindo de trás dele. Com tudo isso ainda se sentia que naquela casa certamente morava alguém: de maneira alguma tinha o ar de uma habitação abandonada. Pelo contrário, tudo nela era tão firme, forte e robusto que poderia resistir a um cerco!

— O que é essa fortaleza? — perguntei a meu companheiro. — Você sabe?

Vikúlov piscou com malícia

— Uma construção maravilhosa, não? O *isprávnik* local recebe uma boa renda dela!

— Como assim?

— É isso mesmo. Sobre os cismáticos *khlistí*,[57] que vivem sem pope, suponho que já tenha ouvido falar.

— Ouvi.

— Pois é aqui onde mora a madre superiora deles.

— Uma mulher?

— Sim, a madre; a "virgem", na linguagem deles.

— Ora essa!

— Estou lhe dizendo. É rigorosa, dizem, essa... comandante! Governa milhares! Eu pegaria todas essas "virgens" e... Mas de que adianta discutir!

Ele chamou seu Pegachka, um cão maravilhoso, com um faro excelente, mas sem qualquer senso de direção. Vikúlov foi obrigado a amarrar sua pata traseira para que não corresse com tanta fúria.

Suas palavras ficaram gravadas em minha memória. Eu costumava desviar de propósito para passar pela casa misteriosa. Então, certa vez, eu passava por ela quando, de repente, aconteceu o milagre! O ferrolho ribombou atrás do portão, a chave guinchou na fechadura, depois o próprio portão abriu-se silenciosamente — apareceu a cabeça forte de um cavalo com a franja trançada sob um arco de arreio pintado — e rolou sem pressa para a estrada uma pequena telega do

---

[57] Entre 1652 e 1658 houve um cisma na Igreja russa que levou à criação de diversas seitas, das quais se destacam os *popovtsi*, que conservaram a hierarquia eclesiástica, e os *bezpopovtsi* ou "sem pope", que a rejeitavam. Os *khlistí* eram uma seita de flagelantes. (N. da T.)

tipo daquelas que conduzem vendedores e comerciantes de cavalos. Na almofada de couro da telega, próximo a mim, estava sentado um homem de uns trinta anos, com uma aparência incrivelmente bela e atraente, vestindo um casaco preto asseado e um *kartuz* preto enfiado para baixo na testa; ele conduzia com cuidado um cavalo bem alimentado, largo como um fogão, e ao lado do homem, do outro lado da telega, havia uma mulher alta, reta como uma flecha. Tinha a cabeça coberta por um dispendioso xale preto; vestia um casaco curto de veludo cor de oliva e uma saia de lã de merino azul-escura; as mãos brancas apoiavam-se uma sobre a outra solenemente, junto ao peito. A telega virou à esquerda na estrada — e a mulher achou-se a dois passos de mim; ela inclinou ligeiramente a cabeça e eu reconheci Evlâmpia Kharlova. Eu a reconheci de imediato e não hesitei nem por um único momento, pois seria impossível hesitar; olhos como os dela — e sobretudo aquele formato dos lábios, sensual e arrogante — eu nunca vira em ninguém. Seu rosto se tornara mais seco e fino, a pele escurecera, viam-se rugas aqui e ali; mas mudara sobretudo a expressão desse rosto! É difícil pôr em palavras o quanto ele se tornara arrogante, severo e orgulhoso! Não era a simples serenidade do poder — o poder inebriante que exalava em cada detalhe; o olhar descuidado que ela deixou cair sobre mim conservava o antigo e contumaz hábito de encontrar uma submissão mansa e devota. Essa mulher, é óbvio, vivia cercada não de admiradores, mas de escravos; ela, é óbvio, havia até mesmo se esquecido do tempo em que qualquer decreto ou desejo seu não era cumprido imediatamente! Chamei-a em voz alta pelo nome e patronímico; ela estremeceu levemente, olhou para mim pela segunda vez — não com espanto, mas com raiva e desprezo: quem, dizia, se atreve a me incomodar? E, mal abrindo os lábios, pronunciou uma palavra imperativa. O homem sentado ao seu lado adiantou-se e, com um aceno de seu braço, acertou o cavalo com as rédeas — o cavalo partiu a trote forte e rápido e a telega desapareceu.

Desde então não encontrei mais Evlâmpia. De que maneira a filha de Martin Petróvitch havia se convertido na virgem dos flagelantes, eu não consigo imaginar; mas quem sabe se não fundou uma seita que se chamaria, ou agora já é chamada, pelo seu nome — o "evlampismo"? Tudo ocorre, tudo acontece.

E era isso o que eu tinha a dizer sobre o meu rei Lear da estepe, sobre a sua família e seus feitos."

O narrador se calou — nós conversamos mais um pouco e voltamos para casa.

DISCURSO SOBRE SHAKESPEARE

Ivan Turguêniev

Prezados senhores![1]

Em 23 de abril de 1564, exatamente três séculos atrás, no ano do nascimento de Galileu e da morte de Calvino, em uma pequena cidade no interior da Inglaterra, nasceu uma criança, cujo nome obscuro, então inscrito na lista da igreja paroquial, há muito se tornou um dos nomes humanos mais radiantes e grandiosos, surgia William Shakespeare. Ele nasceu em pleno auge do século XVI, que com justiça é reconhecido como talvez o mais significativo da história do desenvolvimento europeu, um século repleto de grandes personalidades e grandes eventos, que viu Lutero e Bacon, Rafael e Copérnico, Cervantes e Michelangelo, Elizabeth I e Henrique IV. Naquele ano, que nós, russos, agora celebramos com a devida solenidade — na Rússia, ou, como diziam então, na Moscóvia, no Principado de Moscou, reinava o ainda jovem, mas de coração já endurecido, Ivan, o Terrível; esse mesmo ano de 1564 foi testemunha da desgraça e das execuções que

---

[1] Este discurso de Turguêniev abriria uma comemoração dos trezentos anos de nascimento de William Shakespeare; no entanto, o tsar Alexandre II proibiu a celebração do evento no Teatro Imperial. Como resultado, realizou-se uma modesta noite literária e musical, no dia 23 de abril de 1864, no salão da Sociedade Comercial Russa de Assistência Mútua, em Petersburgo, onde o texto foi lido pelo historiador Piotr Petróvitch Pekárski. (N. da T.)

precederam o *pogrom* de Nóvgorod;[2] mas, como que para marcar o nascimento do maior dos escritores, no mesmo ano de 1564, foi fundada a primeira gráfica em Moscou.[3] Entretanto, os horrores daquela época não eram característicos apenas da Rússia: oito anos após o nascimento de Shakespeare, ocorreu a Noite de São Bartolomeu em Paris;[4] as sombras escuras da Idade Média ainda pairavam por toda a Europa, mas o alvorecer de uma nova era já despontava, e o poeta que veio ao mundo nessa época foi também um dos mais completos representantes do novo começo, e desde então agiu incessantemente no dever de reconstruir toda a ordem social — as bases da humanidade, do humanismo e da liberdade.

É a primeira vez que nós, russos, celebramos esse aniversário; mas outras nações da Europa não podem se vangloriar diante de nós a esse respeito. Quando se completou o primeiro século do nascimento de Shakespeare, seu nome estava quase completamente esquecido, mesmo em seu país natal; a Inglaterra havia acabado de se libertar do poder dos republicanos e puritanos, que consideravam a arte dramática

[2] Em dezembro de 1564, Ivan, o Terrível, partiu de Moscou para Aleksandrova Sloboda, onde anunciou sua abdicação alegando traição da aristocracia e do clero. O conselho boiardo implorou por sua volta, temendo uma reação do povo. Ao retornar, o tsar decretou a criação da *oprítchnina*, sua guarda pessoal que, em 1570, fez um ataque brutal à cidade de Nóvgorod, em retaliação a supostas conspirações contra seu reinado. Houve torturas, execuções, saques e destruição de suprimentos, levando à fome em larga escala e a várias epidemias. (N. da T.)

[3] A publicação de estreia da primeira gráfica russa, criada por Ivan, o Terrível, foi o volume *Apóstolo*, impresso por Ivan Fiódorov, diácono da Igreja de Nikolai Gostúnski, e seu assistente Piotr Timofiêiev Mstislavets. Continha os *Atos dos Apóstolos* e as *Epístolas* de Paulo. (N. da T.)

[4] Massacre ocorrido em 1572 que resultou na execução de milhares de protestantes. Essa onda de assassinatos, que teria sido articulada pela família real em um contexto de tensões políticas e religiosas, se estendeu por vários meses e se espalhou para diversas províncias. (N. da T.)

uma devassidão e proibiam as apresentações cênicas; e o próprio renascimento do teatro sob Carlos II nada tinha a ver com o espírito virtuoso de Shakespeare, era indigno dele. Em 1764, duzentos anos após seu nascimento, a Inglaterra já conhecia seu poeta, já se orgulhava dele; na Alemanha, Lessing já o havia mostrado a seus compatriotas, Wieland o traduziu, e o jovem Goethe, o futuro criador de *Götz*,[5] leu-o com reverência; mas ainda assim sua fama não penetrou nas massas, não se espalhou para além de certa parte da sociedade educada, dos círculos literários; na própria Inglaterra, onde por quase cem anos não houve uma única edição de Shakespeare, o famoso ator Garrick,[6] desejando celebrar o aniversário de seu nascimento, não hesitou em apresentar um *Otelo* "adaptado" para o palco, acrescentando com um desfecho anexo; e na França, Voltaire era quase o único que conhecia Shakespeare — e mesmo ele o chamou de bárbaro. Devemos mencionar a Rússia? Naquela época, o reinado de Catarina havia acabado de começar, e Sumarókov[7] era considerado nosso grande tragediógrafo...

Mas já se passaram outros cem anos, e o que vemos? Não é exagero dizer que este dia é celebrado ou lembrado em todas as partes do mundo. Nas longínquas terras da América, da Austrália, da África do Sul, no deserto da Sibéria, às margens dos rios sagrados do Hindustão, o nome de Shakespeare é pronunciado com amor e gratidão, assim como em

[5] *Götz von Berlichingen*, peça teatral em cinco atos de autoria de J. W. Goethe (1749-1832). Publicada em 1773, um ano antes de *Os sofrimentos do jovem Werther*, é uma das obras centrais do movimento romântico *Sturm und Drang* (Tempestade e Ímpeto). (N. da T.)

[6] David Garrick (1717-1779), ator e produtor teatral que teve papel fundamental na restauração da imagem de Shakespeare. (N. da T.)

[7] Aleksandr Petróvitch Sumarókov (1717-1777), poeta e dramaturgo russo. (N. da T.)

toda a Europa. É pronunciado tanto em palácios quanto em cabanas, nos aposentos iluminados dos ricos e em salas de trabalho apertadas, longe de casa e perto do lar, sob a tenda militar e sob o casebre do artesão, na terra e no mar, por velhos e jovens, com família e solitários, pelos felizes, a quem agrada, e pelos infelizes, a quem conforta...

Ele conquistou o mundo inteiro: suas vitórias são mais sólidas do que as de Napoleões e Césares. Todos os dias, como ondas na maré alta, seus novos súditos se avolumam, e essas ondas humanas ficam a cada dia mais e mais vastas. Nenhuma imagem cresceu tanto nos últimos cem anos como a de Shakespeare, e seu crescimento não terá fim. Quantas edições, traduções, para os mais diversos idiomas, foram feitas nestes cem anos, quantos artistas, pintores, músicos e escultores personificaram seus tipos e por eles foram inspirados! Quantos deles ainda estão por vir! Quantas gerações vindouras, quantas tribos, agora mal conhecidas, quantos dialetos, talvez agora mal balbuciados, se juntarão à solene procissão de sua glória! Estamos comemorando o seu terceiro centenário; mas agora podemos prever com certeza a celebração de seu milênio. Sim; tal como seu único rival, o maior poeta do mundo antigo, Homero, que, vivendo seu terceiro milênio, resplandece com o brilho de uma juventude imortal e uma força imperecível, o maior poeta do novo mundo foi criado para a eternidade e viverá para sempre!

Nós, russos, celebramos a memória de Shakespeare, e temos o direito de celebrá-la. Para nós, Shakespeare não é só um nome ilustre e notável, que é apenas admirado ocasionalmente e à distância; ele tornou-se nossa propriedade, entrou em nossa carne e nosso sangue. Vá ao teatro quando suas peças estiverem sendo encenadas (note de passagem que somente na Alemanha e na Rússia elas nunca saem de cartaz), vá ao teatro, percorra todas as fileiras da multidão, olhe os rostos, ouça os julgamentos, e você verá que diante de seus olhos há uma relação viva e estreita do poeta com seus ouvintes, que as imagens criadas por ele são conhecidas e queridas por todos, que as quarenta obras sábias e verdadeiras que brotaram do tesouro de sua alma universal são próximas e compreensíveis a todos! Ou a imagem de Hamlet não é mais próxima, não é mais compreensível a nós do que aos franceses, e — vamos além — do que aos britânicos? E essa imagem, para nós, não teria se unido para sempre à memória de Motchálov, o maior ator russo?[8] Não recebemos com interesse especial toda tentativa de nos transmitirem as criações de Shakespeare com nossos próprios sons nativos? E, por fim, será que não existe uma relação e uma proximidade especiais entre um entendedor implacável do coração humano, como o velho Lear, que a tudo perdoa, entre o poeta que penetra mais do que ninguém e mais profundamente nos mistérios da vida, e o povo, cujo traço característico principal consiste até hoje numa sede de autoconsciência quase sem precedentes, num estudo incansável de si mesmo — povo que também não só é compreensivo com suas próprias fraquezas, como também as perdoa nos outros —, povo, enfim, que não teme mostrar essas mesmas fraquezas sob a luz divina; assim como Shakespeare não receava submeter o lado negro da alma à luz da verdade poética, a essa luz que ao mesmo tempo o ilumina e purifica?

Devo agora falar sobre o próprio Shakespeare? Tentar, na medida do possível, apresentar uma avaliação de seu gênio em bosquejos rápidos e involuntariamente curtos? Isso é pouco possível e pouco necessário, especialmente porque ele mesmo está prestes a falar agora diante de vocês. Shakes-

---

[8] Pável Stepánovitch Motchálov (1800-1848), ator que interpretou vários personagens de Shakespeare em peças como *Otelo*, *Rei Lear*, *Romeu e Julieta* e *Ricardo III*. Motchálov fez o papel de Hamlet em 1837, no auge de sua carreira, no Teatro Máli de Moscou. (N. da T.)

peare, como a natureza, é acessível a todos, e é dever de cada um estudá-lo, assim como a natureza. Como ela, é ao mesmo tempo simples e complexo — tudo, como se diz, cabe na palma da mão e é infinitamente profundo, livre a ponto de destruir todos os grilhões e sempre preenchido de harmonia interior e daquela legitimidade inabalável, daquela necessidade lógica que está na base de toda a vida. Portanto, vamos nos limitar a indicar sua própria máxima, que ele atribui a Brutus, quase a mais pura de suas criações:

A natureza podia levantar-se e proclamar...
Apontando para ele: "Eis, de fato, um homem!"

Shakespeare não encontrou nenhuma palavra mais forte com a qual pudesse honrar a virtude derrotada; que essa mesma palavra seja o maior tributo de nossa reverência ao gênio triunfante!

(1864)

REI LEAR: DA CORTE INGLESA À ESTEPE RUSSA

Jéssica Farjado

Ivan Serguêievitch Turguêniev (1818-1883) é um dos maiores escritores russos do século XIX, e além de grande romancista, foi também poeta, dramaturgo, crítico e tradutor. Pelo lado paterno, o escritor pertencia a uma antiga linhagem da nobreza, mas a família de seu pai, quando este se casou com sua mãe, uma rica latifundiária, já se encontrava à beira da falência. Daí Turguêniev ter passado a infância toda em Spásskoie-Lutovinovo, a propriedade rural da mãe, onde aprendeu cedo a amar a liberdade e a natureza, tão presentes em toda a sua obra.

Em 1827 a família se mudou para Moscou, e em 1834 ele ingressou no curso de filosofia da Universidade de São Petersburgo, a mais conceituada na época. Em seguida foi para a Alemanha, para dar continuidade aos estudos na Universidade de Berlim, onde permaneceu até 1841 e conheceu figuras como Mikhail Bakúnin e Nikolai Stankiévitch, que, então imersos no idealismo alemão, exerceram grande influência em sua formação. De regresso à Rússia, concluiu o curso de filosofia e na mesma época publicou o longo poema "Paracha", escrito em 1843, recebendo um parecer bastante favorável do grande crítico literário Vissarion Bielínski. Foi então que, ainda escritor iniciante, Turguêniev se aproximou da estética da Escola Natural, que procurava representar a vida das pessoas pobres com objetividade e possuía um evidente caráter de crítica social.

Posfácio   111

De 1845 a 1852, Turguêniev publica a série de contos que compõem sua coletânea *Memórias de um caçador*, em que apresenta uma visão altamente sensível da natureza, além de revelar com todo realismo a vida dos camponeses. A infância passada em Spásskoie teve grande influência na composição dessa obra, assim como na da novela *O rei Lear da estepe*, de 1870, na qual várias figuras da infância do autor, vizinhos, agregados e sua própria mãe, podem ser consideradas protótipos de seus personagens.

Sobre a forte impressão que lhe causaram os contos de *Memórias de um caçador*, o escritor russo Nikolai Leskov (1831-1895), um grande admirador de seu conterrâneo, observa que: "É preciso simplesmente conhecer o povo como a própria vida, não estudando, mas vivendo-a". E ainda comenta: "[...] quando pela primeira vez me trouxeram para ler *Memórias de um caçador*, de Turguêniev, eu tremi diante da veracidade das representações e imediatamente compreendi aquilo que chamam de arte".[1] De fato, a observação atenta da vida cotidiana desempenha um papel muito importante na poética de Turguêniev e se faz presente na maioria de seus contos, romances e novelas — tal como se vê em *O rei Lear da estepe*, em que, ainda que a inspiração tenha sido literária, as figuras e os acontecimentos narrados foram colhidos na própria vida.

SHAKESPEARE NO CONTEXTO DA CULTURA RUSSA

Muitos foram os escritores, críticos, músicos e diretores teatrais que buscaram definir o significado de William Sha-

---

[1] Nikolai Leskov, "Avtobiografitcheskaia zamietka" ["Nota autobiográfica"], *Sobranie sotchiniênii v odinnadtsati tomakh*, Moscou, Gossudárstvienoe Izdátelstvo Khudójiestviennoi Literaturi, 1958, vol. 11, p. 12.

kespeare para a cultura russa. Nos primeiros estudos sobre a história do teatro russo, bem como em revistas teatrais dos anos 1840, não é raro encontrarmos resenhas críticas de traduções e adaptações de suas obras para o russo.

Em 1864, para as comemorações dos trezentos anos do dramaturgo inglês, o historiador Aleksei Galákhov publicou um artigo intitulado "Shakespeare na Rússia". Trata-se de uma das primeiras tentativas de reunir dados sobre as principais traduções, encenações, artigos e demais trabalhos relacionados a textos shakespearianos no país, presentes já na obra do poeta e dramaturgo russo Aleksandr Sumarókov. No século XIX, a influência de Shakespeare se faz presente em escritores como Aleksandr Púchkin, em sua peça *Boris Godunov* (1831), e Nikolai Leskov, autor de *Lady Macbeth do distrito de Mtzensk* (1865). Também Bielínski deixou ensaios notáveis sobre as peças inglesas e seu papel na dramaturgia e na vida teatral russa, como "Hamlet, um drama de Shakespeare. Motchálov no papel de Hamlet", acerca da encenação da tragédia no Teatro Máli de Moscou em 1837. Já o próprio Turguêniev, que nutria grande admiração pelo dramaturgo inglês, era considerado um dos maiores conhecedores russos de sua obra. Shakespeare havia sido um dos assuntos mais constantes de suas conversas e discussões com Tolstói. Em sua juventude, Turguêniev se propôs também a traduzir algumas de suas obras. Numa carta a Aleksandr Nikitiênko (1804-1877), de 1837, ele escreve:

> "No ano passado me dediquei à tradução de *Otelo*, de Shakespeare (que não terminei — só traduzi até a metade do segundo ato), de *Rei Lear* (com lacunas grandes) e de *Manfred* [de Byron]. As duas primeiras traduções foram destruídas por mim — elas me pareceram muito ruins após as traduções de Vrontchenko, de Panáiev... Além disso, envere-

Posfácio

dar-me nessa direção foi um erro — não me encaixo absolutamente como tradutor."

Ao longo de sua prolífica carreira literária, o autor de *Rúdin*, *Ninho de fidalgos*, *Pais e filhos*, dentre muitas outras obras-primas da literatura russa, ainda criaria diversos personagens inspirados em figuras shakespearianas. Já na própria coletânea *Memórias de um caçador* se destaca o conto "Hamlet do distrito de Schigrí". Seu personagem central é um jovem excêntrico, que leva uma vida banal e vive exagerando em suas autorrecriminações e se lamentando por sua falta de originalidade, como se pode constatar no trecho a seguir de seu discurso: "A venda me caiu dos olhos: via claro, mais claro que meu rosto no espelho, a pessoa vazia, insignificante, inútil e sem originalidade que eu era!".[2] E, segundo o próprio personagem, o seu não era um caso isolado, pois Hamlets assim podiam ser encontrados em todos os distritos.

Em 1856, Turguêniev publicou seu primeiro romance, *Rúdin*, cujo protagonista, uma figura melancólica, de muitas ideias mas pouca atitude, ele associou ao tipo de Hamlet. No final do romance, Rúdin morre atingido por uma bala durante uma revolta, já quase completamente esmagada, do proletariado parisiense contra a burguesia. Em *Terras virgens*, de 1877, Nejdánov, filho ilegítimo de um aristocrata, defende medidas mais radicais para modificar e politizar o campesinato. Na visão de um dos personagens, Nejdánov é digno de piedade, e ele próprio chega a se lamentar pela tristeza e melancolia que sente sem saber a razão: "[...] que diabos de revolucionário é você? [...] Oh, Hamlet, Hamlet, príncipe da Dinamarca, como sair da sua sombra? Como deixar de imi-

---

[2] Ivan Turguêniev, *Memórias de um caçador*, tradução de Irineu Franco Perpetuo, São Paulo, Editora 34, 2013, p. 356.

tá-lo em tudo, mesmo no prazer infame da autoflagelação?".
Por fim, ao ser denunciado às autoridades, Nejdánov comete suicídio. O que vale destacar aqui é a retomada do tema
da melancolia, que acomete a juventude idealista, e de Hamlet como sua figura mais representativa.

Além das referências a Hamlet na criação de seus personagens, Turguêniev também teorizou acerca de sua figura em
um famoso discurso proferido em 1860, que ficou conhecido como "Hamlet e Dom Quixote", em que ele compara os
intelectuais russos da época e os divide entre esses dois tipos
literários. Hamlet seria um obcecado por si mesmo, imerso
em indecisão e angústia crônicas, e com plena consciência de
sua fraqueza. E num trecho de seu discurso, em que ele compara Shakespeare e Cervantes, é impossível não perceber a
sua grande admiração pelo dramaturgo inglês, inclusive ao
citar sua tragédia *Rei Lear*, que anos mais tarde o inspiraria
a escrever o seu *O rei Lear da estepe*:

> "No entanto, pensarão alguns, como será pos-
> sível comparar Shakespeare a Cervantes? Shakes-
> peare, esse gigante, um semideus... Sim; porém Cer-
> vantes não faz a figura de um pigmeu junto ao gi-
> gante que concebeu *Rei Lear*, mas sim de um ser
> humano, e de um ser humano em sua totalidade; e
> um ser humano tem o direito de ficar de pé mesmo
> diante de um semideus. Incontestavelmente, Sha-
> kespeare esmaga Cervantes — e não só a ele — com
> a riqueza e o poderio de sua fantasia, com o brilho
> supremo da sua poesia, com a profundidade e a am-
> plitude da sua imensa inteligência [...]."[3]

[3] "Hamlet e Dom Quixote", em *Pais e filhos*, tradução de Rubens
Figueiredo, São Paulo, Cosac Naify, 2004, p. 318.

Posfácio

Já em 1864, por ocasião das comemorações dos trezentos anos de nascimento do escritor inglês, em seu "Discurso sobre Shakespeare" — reproduzido neste volume —, Turguêniev discorre acerca da importância da dramaturgia shakespeariana na cultura russa. No trecho a seguir de seu discurso, ao citar o personagem Lear, ele destaca a forma como o dramaturgo inglês examina os mistérios da vida e traz à tona as fraquezas humanas em suas obras:

> "E, afinal, será que não existe uma relação e uma proximidade especiais entre um entendedor implacável do coração humano, como o velho Lear, e que tudo perdoa; entre o poeta, que penetra mais do que ninguém e mais profundamente nos mistérios da vida; e o povo, cujo traço característico principal consiste até hoje numa sede de autoconsciência quase sem precedentes, num estudo incansável de si mesmo — povo que também não só não poupa suas próprias fraquezas como as perdoa nos outros —, o povo, enfim, que não teme mostrar essas mesmas fraquezas a esse mundo de Deus; assim como Shakespeare não receava submeter o lado negro da alma à luz da verdade poética, mas a essa luz que ao mesmo tempo não só ilumina como purifica?"

No ano seguinte o autor publica a novela *Basta (fragmento das memórias de um artista falecido)* que apresenta uma reflexão do protagonista acerca do caráter atemporal e universal desses dois personagens shakespearianos centrais:

> "No entanto, parece-me que, se Shakespeare nascesse de novo, não teria motivo para rejeitar o seu Hamlet, o seu Lear. Seu olhar perspicaz não te-

ria descoberto nada de novo na vida humana: o mesmo quadro heterogêneo e essencialmente simples se revelaria diante dele em sua monotonia alarmante. A mesma credulidade e a mesma crueldade, a mesma ânsia por sangue, ouro, imundície, pelos mesmos prazeres vulgares, o mesmo sofrimento sem sentido [...]. Shakespeare faria Lear repetir novamente seu cruel: 'Ninguém é culpado', que em outras palavras significa: 'Ninguém está certo' — também diria 'Basta!' — e também se afastaria."

Trata-se de uma alusão às palavras de Lear (ato IV, cena VI), quando o rei está enlouquecido nos campos, e que encontram eco na fala de Kharlov, após ser expulso pela própria família e correr para a casa de Natália Nikoláievna em meio à tempestade: "Vou dizer a verdade: sou eu o mais culpado de todos".

O *Rei Lear*, uma peça em cinco atos encenada pela primeira vez em 1606, foi uma das tragédias mais populares de Shakespeare na Rússia na segunda metade do século XIX. A obra narra a história do rei da Bretanha, Lear, que ao chegar à velhice decide dividir o reino entre suas três filhas. Na cerimônia de partilha, o rei pede às filhas para declararem seu amor por ele. Os discursos de Goneril e Regana são grandiloquentes, porém hipócritas. Cordélia manifesta sua gratidão e amor ao pai de maneira simples e sincera, recusando-se a fazer um discurso pomposo, o que irrita o rei, que a deserda e expulsa do reino, entregando-a sem dote ao rei da França. Após a partilha, descumprindo sua promessa, Goneril e Regana adotam medidas que levam à expulsão do rei do castelo e, por fim, à condenação e morte de Lear e Cordélia.

Shakespeare em Turguêniev

Turguêniev começou a escrever a novela *O rei Lear da estepe* no sábado 27 de fevereiro de 1869, no Hôtel Prinz Max, em Karlsruhe, e terminou no Hôtel de Russie, em Weimar, no sábado 2 de abril de 1870 (conforme anotações suas). Sua principal preocupação era tornar o mais visível possível a semelhança entre a história contada por ele e a tragédia de Shakespeare. A ideia do "modelo" literário da novela, da relação que esta guardava com a tragédia de Shakespeare, mobilizou o escritor desde o início do projeto até a conclusão da obra, e foi expressa no desejo de transpor a situação trágica, presente em Shakespeare, para o contexto da vida provinciana de uma aldeia russa. Assim, enquanto os enredos das tragédias shakespearianas estão centrados em questões éticas e morais que se passam em meio à nobreza e à política inglesas, a novela russa de Turguêniev apresenta os mesmos dilemas morais, mas entre camponeses e pequenos proprietários de terras. Nela o enfoque está direcionado para as camadas mais baixas da sociedade, com um viés social, afetivo e psicológico.

São muitos os pontos de contato entre as duas obras. Ao fazer um paralelo entre seus personagens, seria possível relacionar Evlâmpia, por sua dupla natureza, às filhas Cordélia e Goneril. Já Anna se aproximaria de Regana; Sliótkin corresponde ao duque da Cornualha e a Edmund; Jitkov equivaleria ao duque da Borgonha, enquanto o servo Maksimka seria Kent. Suvenir, que faz o papel de bobo, em dado momento escarnece de Martin Petróvitch e de sua decisão de partilhar os bens com as filhas, insinuando que elas o deixariam com as costas nuas na neve. Essa frase guarda estreita semelhança com a do bobo da corte na peça de Shakespeare, que diz que, ao realizar a partilha e confiar em suas filhas, o rei havia "levado o burro no lombo através do lamaçal".

Outro ponto que se destaca é a ocasião da leitura da ata de Martin Petróvitch, que conta com a presença de seus familiares, de alguns convidados e também de autoridades da região, como o reverendo e o chefe e o comissário de polícia. Esse episódio remete à primeira cena do primeiro ato de *Rei Lear*, em que o soberano partilha seus bens entre as duas filhas mais velhas e deserda a caçula. A intenção de Turguêniev, aproximar ao máximo o personagem de sua novela com o da peça de Shakespeare, se evidencia também nas significativas palavras de seu protagonista, Kharlov, que antes de iniciar a leitura da ata exclama: "Reinei, agora basta!". Kharlov atribui a si mesmo tão alto poder e importância, como se fosse de fato um rei ou soberano. Além disso, essa altivez irá contrastar com sua submissão às filhas e ao genro após tomarem posse de seus bens. As exigências dos protagonistas também encontram correspondências: enquanto na tragédia de Shakespeare o rei exige cem homens para a sua escolta e o direito de viver alternadamente entre as casas das filhas em ciclos mensais, na novela de Turguêniev Kharlov deseja continuar ocupando seus aposentos e atribui a si uma espécie de mesada.

É comum nas peças de Shakespeare, como é o caso de *Macbeth* ou *A tempestade*, que as condições climáticas atuem como reflexo do estado de espírito dos personagens, algo que ocorre também tanto no que se refere a Lear como a Kharlov. Ao observar uma tempestade da janela de seu quarto, o narrador vislumbra um vulto enorme atravessando o quintal e entrando na casa. O vulto era de Martin Petróvitch, expulso de casa pelas próprias filhas. Esse episódio remete ao início do terceiro ato da tragédia de Shakespeare, em que Lear, o bobo da corte e o conde de Kent estão vagando sem rumo, depois de expulsos do castelo, e uma grande tempestade desaba sobre eles. Os três se abrigam em uma cabana, e Lear começa a evidenciar os primeiros sinais de loucura. A descri-

Posfácio

ção primorosa da paisagem aqui desempenha um papel importante, e contribui não só para a caracterização psicológica do protagonista como também para a composição estrutural da obra.

Em *O rei Lear da estepe* há ainda uma referência importante à estação do ano em que se dá o início do desenlace da obra. Ao final do capítulo XV da novela, Natália Nikoláievna e o filho viajam para a aldeia de sua irmã, cujo marido falecera. O narrador informa: "Mamãe pretendia passar um mês com ela, mas permaneceu até o final do outono — e retornamos para nossa aldeia apenas no fim de setembro". No retorno, ao tomar conhecimento de que Kharlov estava sendo maltratado pelas filhas e pelo genro, o narrador percebe uma brusca mudança em seu comportamento. Esse desenlace se passa durante o outono.

No texto "Sobre a origem dos arquétipos temáticos, literários e mitológicos", citando Frye a respeito dos ritmos poéticos, o filólogo russo Eleazar Meletínski observa que eles estão

> "[...] estritamente ligados ao ciclo natural pela sincronização do organismo, de seus ritmos naturais, por exemplo, com o ano solar [...]. O pôr do sol, o outono e a morte levam aos mitos do dilúvio, do caos e do fim do mundo (arquétipo da sátira). A primavera, o verão, o outono e o inverno originam respectivamente a comédia, o romance de cavalaria, a tragédia e a ironia."[4]

---

[4] E. M. Meletínski, *Os arquétipos literários*, tradução de Aurora Fornoni Bernardini, Homero Freitas de Andrade e Arlete Cavaliere, Cotia, Ateliê Editorial, 2ª ed., 2002, pp. 31-2.

O outono está ligado ao caos e à tragédia, o que de fato tem lugar após o retorno do narrador e de sua mãe para junto do protagonista.

Convém destacar ainda que a menção a diversas obras de Shakespeare no início da novela é repleta de significação. Antes de iniciar o relato sobre Kharlov, o narrador, reunido com antigos colegas da universidade, diz: "[...] cada um de nós nomeou os Hamlets, os Otelos, os Falstaffs e até os Ricardos III e Macbeths (estes últimos, é verdade, apenas na medida do possível) com quem nos havia acontecido de cruzar". Nesse sentido, podemos pensar que o Lear de Turguêniev parece partilhar algo da natureza reflexiva de Hamlet, o que explicaria suas crises de melancolia e a tendência a se entregar a meditações sobre o significado da existência, os segredos da vida após a morte e o poder das paixões humanas. Graças a esses elementos na caracterização de Kharlov, seu anseio de transferir a propriedade aparece como resultado de complexas buscas morais espontâneas, e não como o capricho de um tirano.

A referência à tragédia *Otelo* na novela pode indicar um paralelo entre as figuras de Iago e Sliótkin, ambos capazes de cometer grandes crimes em troca de ganhos pessoais. Em Shakespeare, Iago visa apenas conseguir o posto de tenente; já Sliótkin "era prestativo apenas para assuntos que não diziam respeito ao seu proveito pessoal. Aí, no mesmo instante, se perdia na ganância, chegava até mesmo às lágrimas; por uma ninharia estava pronto a gemer um dia inteiro". Enquanto Iago tece intrigas contra Otelo e Cássio, levando ao assassinato de Desdêmona e suicídio de Otelo, a influência de Sliótkin sobre as filhas também leva a consequências terríveis. Ao privarem o pai de sua independência e o expulsarem de casa, tornam-se responsáveis diretas por sua morte.

As características de Falstaff estão refletidas em Jitkov, o pretendente de Evlâmpia, um major reformado que tem or-

Posfácio

gulho de ter servido ao tsar "de corpo e alma". O personagem de Shakespeare, por outro lado, é um cavaleiro e membro da corte real e visa a um casamento lucrativo em *As alegres matronas de Windsor*. Ambos são presunçosos e desajeitados, e sua inadequação ao papel de pretendentes é óbvia para todos que os cercam, exceto para eles próprios, que acabam sofrendo em decorrência desse autoengano.

A alusão a *Ricardo III* na novela de Turguêniev estaria relacionada à velha égua de Martin Petróvitch, que possuía uma cicatriz da batalha de Borodinó, cuja venda se tornou um símbolo da perda do poder de Kharlov, o que poderia ser associado às palavras finais da penúltima cena do último ato da tragédia de Shakespeare: "Um cavalo, um cavalo! Meu reino por um cavalo!". Essa é a frase pronunciada pelo rei Ricardo ao se sentir vulnerável com a perda de seu cavalo no campo de batalha, o que resultaria em sua morte e na perda do trono.

Por fim, a referência na novela à tragédia *Macbeth* se daria no início do capítulo XXII, no momento em que o narrador está observando o mau tempo pela janela: "Havia poças cheias de folhas mortas por toda parte; bolhas grandes, que volta e meia inchavam e estouravam, saltavam e deslizavam sobre elas". Essas bolhas seriam uma alusão àquelas a que se referia Banquo na cena III do primeiro ato: "Tivesse a terra bolhas, como a água, elas assim o seriam. Para onde foram?". Ao que Macbeth responde: "Viraram ar, e o que pareceu sólido, dissolveu-se como suspiro ao vento". Em ambos os casos, as bolhas como parte da descrição de elementos da natureza precedem uma série de eventos trágicos.

Desse modo, como observa I. O. Volkov em seu artigo "O 'texto shakespeariano' da novela *O rei Lear da estepe* de Ivan Turguêniev: imagens dos personagens", e como procuramos mostrar acima, é a partir de imagens extraídas de Shakespeare que Turguêniev compõe suas cenas de alto teor artístico, revelando, na escolha do material, particularidades da realidade provinciana russa.[5]

Tanto *Rei Lear* como *O rei Lear da estepe* podem também ser relacionados à tragédia grega *Édipo Rei*, de Sófocles, escrita por volta de 427 a.C., em que o protagonista está predestinado a matar o pai e a casar-se com a mãe e tenta ao máximo evitar que a previsão se cumpra. Assim como Édipo, o rei Lear e Kharlov vão ao encontro de seu destino justamente ao tentar modificá-lo, pois, com a chegada da velhice, ambos acreditam que morrerão em breve, por isso decidem entregar seus bens às filhas e abdicar de grande parte de seu poder. No entanto, é justamente em consequência dessa partilha que Lear e Kharlov morrem. Como afirma Friedrich Schelling: "A tolice pueril de um homem velho se apresenta no *Rei Lear* como um oráculo délfico desconcertante".[6] O filósofo alemão também apresenta outra relação interessante entre o *Rei Lear* de Shakespeare e a peça de Sófocles: a inversão dos papéis no drama familiar, pois "ao destino do rei Lear repelido pelas filhas se opõe a história de um filho repelido pelo pai".

Simultaneamente aos ecos shakespearianos, nota-se na novela de Turguêniev a forte presença da cultura popular, tanto na construção do protagonista Kharlov nos moldes de um personagem arquetípico como na alusão recorrente a figuras e elementos do folclore russo, como o *bogatir*, a cabana com patas de galinha da bruxa Baba Iagá e as criaturas mitológicas *liéchi* e *kikimora*.

[5] Ivan Olegovitch Volkov, "'Shekspirovski tekst' povesti I. S. Turgueneva *Stepnoi korol Lir*: obrazi gueroiev" ("O 'texto shakespeariano' da novela *O rei Lear da estepe* de Ivan Turguêniev: imagens dos personagens"), *Vestnik Tomskogo Gossudárstviennogo Universiteta*, nº 426, 2018, pp. 5-13.

[6] F. W. J. Schelling, *Filosofia da arte*, tradução de Márcio Suzuki, São Paulo, Edusp, 2001, p. 338.

Logo no início da novela, a descrição de Martin Petróvitch se aproxima à de um *bogatir*, herói das lendas eslavas, em razão de sua força descomunal (sobre a qual, diz o narrador, "chegaram até a criar lendas") e da utilização de adjetivos como "gigantesco" e "cor de pombo", termos recorrentes nas *bilinas*, poemas épicos tradicionais transmitidos oralmente do século X ao XII.

O protagonista é associado também a outros seres mitológicos, como o *liéchi*, um espírito da floresta protetor dos animais silvestres, que recebeu traços negativos após a implantação do cristianismo na Rússia. Mais adiante se evidencia que a particularização de Kharlov, entretanto, não se restringe ao folclore eslavo, pois ele é comparado a Polifemo, um ciclope da mitologia grega.

Ou seja, a novela apresenta um acúmulo de elementos folclóricos na caracterização de Martin Petróvitch, o que aproxima o seu autor de Aleksandr Púchkin, o precursor da literatura russa moderna, reconhecido por sua transformação dos arquétipos da literatura clássica — como aponta Meletínski, ao afirmar que Púchkin propunha uma reformulação e um jogo irônico dos estilos clássicos com temas tradicionais, temas folclóricos e clichês estilísticos.

Em relação à figura do narrador, Dmitri Semiônovitch, vemos que este teria presenciado os acontecimentos aos quinze anos de idade e os narra anos mais tarde, para antigos amigos da universidade, concedendo um traço de oralidade e veracidade à narrativa e criando a ilusão de que o incidente realmente ocorrera. Porém, esse narrador advém do próprio meio social de Turguêniev, que, como observou Mikhail Bakhtin, não gostava de refratar suas ideias na fala do outro, mas interessava-se em vivificar seu discurso literário com entonações do discurso falado.

A QUESTÃO JUDAICA EM *O REI LEAR DA ESTEPE*

Outro elemento que deve ser trazido à tona e que sobressai tanto na fala do narrador quanto na de sua mãe, Natália Nikoláievna, é uma certa aversão aos judeus, pois, após a traição das filhas aliadas a Sliótkin — a quem ela chamava de "judeuzinho" por sua aparência —, Natália passa a referir-se a ele com termos pejorativos como "imprestável" e "detestável". A princípio, vale lembrar que, em 1847, Turguêniev publicou o conto "O judeu", cujo enredo se passa durante as Guerras Napoleônicas, na cidade de Danzig, em 1813, e narra a história de Guirshel, um judeu que se aproxima de um oficial russo, mas que depois se revelará ser um espião a serviço do exército francês. O próprio título do conto — *"Jid"*, forma depreciativa de se referir aos judeus — é o mesmo apelido dado por Natália a Sliótkin.

Gary Rosenshield, em seu livro *The Ridiculous Jew*, destaca que, apesar de ser estereotipada e negativa, a figura de Guirshel causa compaixão, e o momento de sua morte violenta se configura em evento existencial, pois seria também um manifesto contra a pena de morte. Rosenshield traça ainda um paralelo com a representação do judeu em *O mercador de Veneza*, de Shakespeare:

> "No entanto, a exploração do estereótipo judaico por Turguêniev na história é perturbadora, pois *'Jid'* ['O judeu'] nos apresenta um problema semelhante ao que enfrentamos ao ler *O mercador de Veneza*: como respondemos a uma obra que, em termos de arte, emprega com sucesso um estereótipo antijudaico ou antissemita? Se Shakespeare enfraquece o estereótipo de alguma forma — especialmente para sua época —, é para fazer do judeu um ser humano, como outros seres humanos, embora

Posfácio

em suas paixões negativas. [...] Entretanto, apesar da baixeza do judeu, Turguêniev é capaz de trazer à tona a humanidade comum de Guirshel. Sua execução iminente desperta a compaixão de todos os participantes. Ninguém em *O mercador de Veneza* sente compaixão pelo 'grandioso' Shylock, mesmo quando parece que ele também, como Guirshel, está prestes a ser executado."[7]

Não obstante as diferenças na caracterização moral dos dois personagens — visto que Guirshel não possui as paixões elevadas de Shylock e adota atitudes muito mais reprováveis (quando põe em perigo a própria filha para se aproximar do coronel, por exemplo), ainda assim a situação de Guirshel toca a sensibilidade do leitor com mais profundidade, além de, segundo Rosenshield, trazer o paradoxo de subversão do estereótipo judeu por meio justamente da exploração desse estereótipo.

Turguêniev faleceu em 1883, em Bougival, na França. Por ocasião de sua morte, a revista *Voskhod* [*Nascer do Sol*] publicou um obituário do qual se destaca o seguinte trecho:

"Esse amor dos jovens judeus por seu adorado escritor não poderia ser ofuscado nem mesmo por uma dissonância tão aguda como sua história 'O judeu', obviamente escrita pela voz de outra pessoa, já que Ivan Serguêievitch, como ele confessou mais tarde, naquela época ainda não conhecia judeus. Essa garantia de Turguêniev não era apenas uma simples frase, pois a melhor prova é sua histó-

---

[7] Gary Rosenshield, *The Ridiculous Jew: The Exploitation and Transformation of a Stereotype in Gogol, Turgenev, and Dostoevsky*, Stanford, Stanford University Press, 2008, pp. 126-7.

ria 'Neschastnaia' ['A infeliz'], que apareceu há relativamente pouco tempo e na qual ressoa uma corda notável de simpatia calorosa pelo 'infeliz povo dos eternos exilados'."

De fato, na novela "A infeliz", de 1868, a protagonista Suzana, uma jovem judia deixada à mercê de um padrasto vil e interesseiro, não é retratada de maneira estereotipada, inferiorizada ou negativa, mas com empatia, o que não ocorreu na caracterização de Sliótkin. Vemos que, em *O rei Lear da estepe*, a representação da figura do judeu corrobora a intenção de Turguêniev de retratar a sociedade como ela realmente era, inclusive com seus preconceitos, que, como o próprio autor declarou, corroía os russos desde a infância.

CRÍTICA E RECEPÇÃO

Uma troca de cartas entre o crítico literário Nikolai Strákhov e Fiódor Dostoiévski revela que houve controvérsias quanto à recepção da novela. Enquanto Strákhov escreve que *O rei Lear da estepe* havia lhe causado uma "impressão um tanto forte", Dostoiévski rebate: "Não gostei de jeito nenhum. [...] Uma coisa pomposa e vazia. O tom é baixo". Strákhov defende que os dons literários de Turguêniev mais do que compensavam suas hesitações ideológicas; Dostoiévski, por outro lado, julgava que o autor não sabia o que dizer sobre determinados fenômenos da vida russa e os tratava com sarcasmo. Também o escritor Nikolai Gontcharóv foi desfavorável ao tom da novela e ao retrato da vida cotidiana apresentado na obra. Como explica o crítico Leonard Schapiro, "*Rei Lear* foi escrita à maneira das melhores obras de Turguêniev, mas também teve pouco sucesso na Rússia — as paixões despertadas por *Fumaça* possivelmente ainda não haviam se acalmado. Ganhou aclamação, no entanto, em tradução".[8] Tal afirmação é corroborada pelo comentário de Lídia Lotman à novela, na edição de 1965 das *Obras completas* do autor; a estudiosa explica que a pressa dos editores em obter traduções de *O rei Lear da estepe* dão mostras do sucesso dessa obra entre os leitores. Logo nos primeiros anos da década de 1870, a novela recebeu traduções para o inglês, francês, alemão, polonês, tcheco e dinamarquês.

Enquanto Frank Friedeberg Seeley defende que a novela é uma das histórias mais poderosas da maturidade de Turguêniev,[9] Edward Garnett afirma:

> "*O rei Lear da estepe* é de grande valor artístico porque é um todo orgânico vivo, que brota das raízes profundas da própria vida; e as inúmeras obras de arte que são fabricadas e coladas a partir de um plano engenhoso — obras que não nascem da inevitabilidade das coisas — parecem ao mesmo tempo insignificantes ou falsas em comparação."[10]

Certamente a obra de Turguêniev está longe de tratar a matéria russa como simples paródia, e o autor foi muito bem-sucedido na criação de personagens que dão voz aos dramas da natureza humana, encontrando correspondências entre dilemas morais da nobreza inglesa e dos camponeses russos.

[8] Leonard Schapiro. *Turgenev: His Life and Times*, Nova York, Random House, 1978, p. 218.

[9] Frank Friedeberg Seeley, *Turgenev: A Reading of his Fiction*, Cambridge, Cambridge University Press, 1991, p. 287.

[10] Edward Garnett, *Turgenev: A Study*, Londres, W. Collins Sons & Co. Ltd., 1917, p. 177.

SOBRE O AUTOR

Ivan Serguêievitch Turguêniev nasceu em 28 de outubro de 1818, em Oriol, na Rússia. De família aristocrática, viveu até os nove anos na propriedade dos pais, Spásskoie, e em seguida estudou em Moscou e São Petersburgo. Perdeu o pai na adolescência; com a mãe, habitualmente descrita como despótica, manteve uma relação difícil por toda a vida. Em 1838, mudou-se para a Alemanha com o objetivo de continuar os estudos. No mesmo ano, publicou sob pseudônimo seu primeiro poema na revista *O Contemporâneo* (*Sovremiênnik*).

Em Berlim, estudou filosofia, letras clássicas e história; além disso, participava dos círculos filosóficos de estudantes russos, e nessa época se aproximou de Bakúnin. Em 1843, conheceu o grande crítico Bielínski e passou a frequentar seu círculo. As ideias de Bielínski a respeito da literatura exerceram profunda influência sobre as obras do jovem escritor, que pouco depois começaria a publicar contos inspirados pela estética da Escola Natural. Essas histórias obtiveram grande sucesso e anos depois foram reunidas no volume *Memórias de um caçador* (1852). O livro alcançou fama internacional e foi traduzido para diversas línguas ainda na mesma década, além de ter causado grande impacto na discussão sobre a libertação dos servos.

Também em 1843, conheceu a cantora de ópera Pauline Viardot, casada com o diretor de teatro Louis Viardot. Turguêniev manteve com ela uma longa relação que duraria até o fim da vida, e também travou amizade com seu marido; mais tarde, mudou-se para a casa dos Viardot em Paris e lá criou a filha, fruto de um relacionamento com uma camponesa. Durante sua permanência na França, tornou-se amigo de escritores como Flaubert, Zola e Daudet.

Turguêniev viveu a maior parte da vida na Europa, mas continuou publicando e participando ativamente da vida cultural e política da Rússia. Nos anos 1850 escreveu diversas obras em prosa, entre elas *Diário de um homem supérfluo* (1850), "Mumu" (1852), *Fausto* (1856), *Ássia* (1858) e *Ninho de fidalgos* (1859). Seu primeiro romance, *Rúdin* (1856), filia-se à tradição do "homem supérfluo" ao retratar um intelectual idealista extremamente eloquente, porém incapaz de transformar suas próprias ideias em ação. O protagonista encarnava a geração do autor que, depois de estudar fora, voltava para a Rússia cheia de energia, mas via-se paralisada pelo ambiente político da época de Nicolau I.

Em 1860 escreveu a novela *Primeiro amor*, baseada em um episódio autobiográfico. Dois anos depois publicou *Pais e filhos* (1862), romance considerado um dos clássicos da literatura mundial. Seu protagonista Bazárov tornou-se representante do "novo homem" dos anos 1860. Abalado pela polêmica que a obra suscitou na Rússia — acusada de incitar o niilismo —, o autor se estabeleceu definitivamente na França e começou a publicar cada vez menos. Entre suas últimas obras, as mais conhecidas são *Fumaça* (1867), *O rei Lear da estepe* (1870) e *Terra virgem* (1877).

Autor de vasta obra que inclui teatro, poesia, contos e romances, Ivan Turguêniev foi o primeiro grande escritor russo a se consagrar no Ocidente. Faleceu na cidade de Bougival, próxima a Paris, em 1883, aos 64 anos de idade.

SOBRE A TRADUTORA

Jéssica de Souza Farjado nasceu em São Paulo, em 1989. Formou-se em Letras pela Universidade de São Paulo, com bacharelado em Português e Russo. É mestre e doutora na área de Literatura e Cultura Russa pela mesma instituição, tendo defendido a dissertação "*O rei Lear da estepe*, de Ivan Turguêniev: uma tragédia russa" (2016) e a tese "A representação dos tipos 'homem supérfluo' e '*raznotchínets*' na novela *Púnin e Babúrin*, de Ivan Turguêniev" (2020), ambas sob a orientação de Fátima Bianchi. Vive e trabalha em São Paulo, onde atua no ramo editorial.

COLEÇÃO LESTE

István Örkény
*A exposição das rosas
e A família Tóth*

Karel Capek
Histórias apócrifas

Dezsö Kosztolányi
*O tradutor cleptomaníaco
e outras histórias de Kornél Esti*

Sigismund Krzyzanowski
*O marcador de página
e outros contos*

Aleksandr Púchkin
*A dama de espadas:
prosa e poemas*

A. P. Tchekhov
*A dama do cachorrinho
e outros contos*

Óssip Mandelstam
*O rumor do tempo
e Viagem à Armênia*

Fiódor Dostoiévski
Memórias do subsolo

Fiódor Dostoiévski
*O crocodilo e
Notas de inverno
sobre impressões de verão*

Fiódor Dostoiévski
Crime e castigo

Fiódor Dostoiévski
Niétotchka Niezvânova

Fiódor Dostoiévski
O idiota

Fiódor Dostoiévski
*Duas narrativas fantásticas:
A dócil e
O sonho de um homem ridículo*

Fiódor Dostoiévski
O eterno marido

Fiódor Dostoiévski
Os demônios

Fiódor Dostoiévski
Um jogador

Fiódor Dostoiévski
Noites brancas

Anton Makarenko
Poema pedagógico

A. P. Tchekhov
*O beijo
e outras histórias*

Fiódor Dostoiévski
A senhoria

Lev Tolstói
A morte de Ivan Ilitch

Nikolai Gógol
Tarás Bulba

Lev Tolstói
A Sonata a Kreutzer

Fiódor Dostoiévski
Os irmãos Karamázov

Vladímir Maiakóvski
O percevejo

Lev Tolstói
Felicidade conjugal

Nikolai Leskov
*Lady Macbeth
do distrito de Mtzensk*

Nikolai Gógol
Teatro completo

Fiódor Dostoiévski
Gente pobre

Nikolai Gógol
*O capote
e outras histórias*

Fiódor Dostoiévski
O duplo

A. P. Tchekhov
Minha vida

Bruno Barretto Gomide (org.)
Nova antologia do conto russo

Nikolai Leskov
A fraude e outras histórias

Nikolai Leskov
*Homens interessantes
e outras histórias*

Ivan Turguêniev
Rúdin

Fiódor Dostoiévski
*A aldeia de Stepántchikovo
e seus habitantes*

Fiódor Dostoiévski
*Dois sonhos:
O sonho do titio
e Sonhos de Petersburgo
em verso e prosa*

Fiódor Dostoiévski
Bobók

Vladímir Maiakóvski
Mistério-bufo

A. P. Tchekhov
Três anos

Ivan Turguêniev
Memórias de um caçador

Bruno Barreto Gomide (org.)
*Antologia do
pensamento crítico russo*

Vladímir Sorókin
Dostoiévski-trip

Maksim Górki
*Meu companheiro de estrada
e outros contos*

A. P. Tchekhov
O duelo

Isaac Bábel
*No campo da honra
e outros contos*

Varlam Chalámov
Contos de Kolimá

Fiódor Dostoiévski
Um pequeno herói

Fiódor Dostoiévski
O adolescente

Ivan Búnin
O amor de Mítia

Varlam Chalámov
*A margem esquerda
(Contos de Kolimá 2)*

Varlam Chalámov
*O artista da pá
(Contos de Kolimá 3)*